I0682900

Die Wahl des Drachen

Die Gefährten der Tahoe-Drachen
Buch 1

Jessie Donovan

Mythical Lake Press, LLC

Dieses Buch ist eine erfundene Geschichte. Namen, Figuren, Orte und Ereignisse sind entweder der Fantasie der Autorin entsprungen oder werden fiktiv verwendet. Ähnlichkeiten mit lebenden oder verstorbenen Personen, tatsächlichen Ereignissen, Schauplätzen oder Unternehmen sind rein zufällig.

Die Wahl des Drachen

Englisches Copyright © 2020 Laura Hoak-Kagey
Deutsches Copyright © 2025 Laura Hoak-Kagey
Übersetzung von Anna Drago und Katrin Dolle
Mythical Lake Press, LLC
www.JessieDonovan.com

Alle Rechte vorbehalten. Dieses Buch oder Teile davon dürfen ohne ausdrückliche schriftliche Genehmigung des Autors in keiner Weise reproduziert oder verwendet werden, außer für die Verwendung kurzer Zitate in einer Buchbesprechung.

Coverkunst von Laura Hoak-Kagey von Mythical Lake Design

ISBN:979-8891560772

Bücher von Jessie Donovan

Das Streben des Drachen - erscheint demnächst

<u>Stonefire Drachen Universum</u>

Skyhunter gewinnen

Snowridge Verwandeln

<u>Die Gefährten der Tahoe-Drachen</u>

Die Wahl des Drachen

Das Bedürfnis der Drachenfrau

Ein Drache zum ersten, zum zweiten... - erscheint
demnächst

Die Stonefire Drachen und Lochguard Highland Drachen Serien sind miteinander verflochten. Da so viele Leser nach der Lesereihenfolge fragen, habe ich sie in dieses Buch aufgenommen. (Diese Liste gilt ab September 2025.)

Kapitel Eins

José Santos wartete in einem kleinen Raum neben dem Ballsaal des Menschenhotels und kämpfte gegen den Drang, einfach abzuhauen.

Er hatte nie verstanden, warum Menschen wie Sardinen in Büchsen leben wollten, eingepfercht zwischen Tausenden, wo Beton und Asphalt die Erde erstickten und die Natur fast gänzlich verbannt war. Obwohl er über ein Jahrzehnt mit den Menschen im US-Forstdienst zusammengearbeitet hatte, blieb ihm ihre Welt ein Rätsel.

Und doch stand er hier, in einem Hotel in South Lake Tahoe, bereit, irgendeine Menschenfrau aus der Menge zu fischen, in der Hoffnung, sie zu schwängern und für den Fortbestand seiner Art zu sorgen.

Sein innerer Drache – die zweite Persönlichkeit in seinem Kopf – meldete sich zu Wort. *Vergiss nicht, du darfst das heute nicht vermasseln, sonst zerstörst du Gabys Träume.*

Ach ja, Gabriela, seine kleine Schwester, die sie beide in diese jährliche Lotterie eingetragen hatte, ohne dass sie selbst daran teilnehmen konnte, da nur alle ungepaarten Geschwister einer Familie mitmachen durften oder keine. *Wenn man bedenkt, dass sie mich nicht einmal gefragt hat, ist es verdammt großzügig von mir, dass ich überhaupt hier bin.*

Du hattest letzten Monat die Gelegenheit, einen Rückzieher zu machen, aber du hast es nicht getan. Und wir wissen beide, warum.

Verdammter Drache, der immer zu viel wusste.

Jeder Drachenwandler lebte dafür, seine wahre Gefährtin zu finden, diejenige, die sein inneres Tier weckte und bei einem Kuss den Gefährtenrausch auslöste.

Doch trotz der Millionen von Besuchern, die jährlich in die Region um Lake Tahoe strömten, hatte José nie auch nur einen Blick auf eine Frau erhascht, die ihn zu mehr als einem Knurren und einem „Lass mich verdammt nochmal in Ruhe!" animiert hatte.

Er hatte keine Geduld für die Drachen-Groupies, die zum See kamen, um einen Drachenwandler zu küssen oder flachzulegen. Ganze Reiseunternehmen waren um dieses Ziel entstanden. Es überraschte ihn, dass die Menschenregierung nicht eingriff, vor allem, da sie in den letzten Jahren die meisten Drachenclans in der Gegend dazu gezwungen hatte, mehr und mehr unter sich zu bleiben, um Ärger zu vermeiden.

Aber die Groupies waren nicht sein Problem. José wollte nur die Chance, seine wahre Gefährtin zu finden, und diese Lotterie bot ihm die Möglichkeit, zu suchen, ohne dass Frauen sich ihm an den Hals warfen.

Sein innerer Drache schnaubte. *Die, die vom Boot gesprungen ist, um auf uns zu landen, während wir im See getrieben sind, hat aber schon ein paar Punkte für Kreativität verdient.*

Nein, das war pure Dummheit. Sie konnte nicht schwimmen, und wir mussten sie retten. Und wir sind nicht die Einzigen, die ihnen ausweichen mussten, als wären sie Geschosse!

Sein Tier schnaubte. *Na, dann kannst du dich heute nicht allzu sehr beschweren. Die Regeln verbieten den Frauen, sich auf uns zu stürzen.*

Das ist der einzige Grund, warum ich hier bin.

Zugegeben, die Chancen, dass sie im Raum nebenan war, waren verschwindend gering, aber es lohnte sich, einen Blick zu riskieren, selbst wenn seine wahre Gefährtin eine Menschenfrau sein sollte – nicht gerade seine erste Wahl.

Und selbst wenn sie nicht hier war, konnte er zumindest ein paar flachlegen und auf seine Kosten kommen – Frauen, von der Kategorie, bei denen er die Kontrolle hatte –, damit die Sache nicht ganz für den Arsch war.

Eine Mitarbeiterin des *American Department of*

Dragon Affairs – ADDA, das war das amerikanische Ministerium für Drachenangelegenheiten, kam in den Raum geplatzt. Obwohl die Frau kleiner war als er und vermutlich bei einem kräftigen Atemzug umfallen würde, stand sie aufrecht und ließ sich von seinem finsteren Blick nicht einschüchtern. Gut so, denn solche Lotterien liefen besser, wenn die verantwortlichen Menschen keine Angst hatten.

Er hatte sie schon einmal getroffen und kannte ihren Namen: Ashley Swift. Die Menschenfrau gestikulierte energisch. „Auf geht's. Zeit, loszulegen."

Ohne sich zu rühren, fragte José: „Wie viele sind da?"

„Diesmal haben ungefähr zweihundert Kandidatinnen die Interviews und Tests bestanden."

Zweihundert Glückliche, zumindest nach Meinung der Menschen. Alle paar Jahre veranstalteten sie diese Lotterien in South Lake Tahoe für die umliegenden Drachenclans, und jedes Mal bewarben sich Tausende. Nicht alle Drachenclans in den USA waren Paarungen oder Fortpflanzung mit Menschen gegenüber aufgeschlossen, aber die vier Clans in der Tahoe-Region setzten auf Überleben anstatt auf reines Blut.

José rollte die Schultern. „Okay, bringen wir's hinter uns."

Ashley hob die Brauen. „Sie kennen die Regeln, oder?"

Er seufzte. „Natürlich kenne ich die. Sie muss freiwillig mitkommen, und kein Kuss, bis sie die

Papiere unterschrieben hat. Alles verdammt romantisch, nicht wahr?"

Ashley zuckte nicht einmal mit der Wimper. „Sie davon zu überzeugen, mitkommen zu wollen, könnte schwierig werden, Mr. Santos, wenn Sie nicht zumindest versuchen, ein bisschen weniger furchteinflößend zu sein."

Er musterte die zierliche Frau und beugte sich vor. „Sind Sie sicher, dass Sie nicht mitmachen wollen?"

Sie verdrehte die Augen. „Mein Verlobter hätte definitiv ein Wörtchen dazu zu sagen."

Verdammt, natürlich war die einzige Menschenfrau, die ihn nicht wie einen Gott behandelte, schon vergeben. Wenn er nur eine wie sie finden könnte, die noch frei war, wäre das hier vielleicht nicht so ein Graus.

Sein Drache murmelte: *Es gibt reichlich von der Sorte. Der Freund unseres Cousins hat eine geheiratet.*

Ja, aber das war in Kanada, wo Drachen und Menschen eine viel längere Geschichte von Verständnis und Kooperation haben als in den USA.

Ashley drehte sich zur Tür. „Jetzt oder nie, Mr. Santos. Das ist die letzte Chance, auszusteigen, aber das würde auch Ihre Schwester aus dem Rennen nehmen und Ihren Clan für die nächsten fünf Jahre disqualifizieren."

Was bedeuten würde, dass Gaby nächsten Monat nicht ihren dummen Traum leben könnte.

José war vielleicht zynisch, aber er liebte seine kleine Schwester. Also machte er einen Schritt auf die Tür zu, auf die ADDA-Mitarbeiterin zu, und sie betraten gemeinsam den Ballsaal.

Die Menschenfrauen saßen in Reihen, mit kaum genug Platz, dass er dazwischen hindurchgehen konnte, ohne Stühle oder Beine zu treten. Zweihundert klang nicht nach viel, wenn man bedachte, dass allein in diesem Hotel mehr übernachteten. Aber so aufgereiht war es ein endloses Meer aus Gesichtern.

Wie zum Teufel sollte er eine davon auswählen?

Sein Drache knurrte. Hör auf, Ausreden zu suchen. Ich bin sicher, eine wird aus der Masse herausstechen.

Die ADDA-Vertreterin stellte sich auf einem Podium ans Mikrofon und begann: „Hallo und willkommen zur Lake Tahoe Drachenlotterie! Der diesjährige Drachenmann ist José Santos vom Clan PineRock. Er wird gleich durch den Raum gehen und eine glückliche Frau auswählen, mit der er in eine private Hütte reisen wird, um, nun ja, zur Sache zu kommen. Falls Sie aussteigen möchten, ist jetzt Ihre letzte Chance. Wenn Sie nach der Auswahl einen Rückzieher machen, werden Sie von allen künftigen Lotterien ausgeschlossen. Nicht nur in Tahoe, sondern im ganzen Land. Ich warte hier auf diejenigen, die gehen wollen.""

Ashley wartete eine halbe Minute, aber keine der Frauen stand auf und ging.

Na, zumindest waren sie entschlossen, das musste er ihnen lassen.

Natürlich, so, wie viele ihn wie ein Stück Schokolade anstarrten, bereit, ihn abzulecken, konnte es auch sein, dass sie ihn einfach sexy fanden, wie eine wandelnde Fantasie.

Sein Drache schnaubte. *Gab's da je Zweifel?*

Und die Leute hielten Josés menschliche Hälfte für die arrogante.

Ashley fuhr fort, bevor José seinem Drachen antworten konnte. „Gut, dann haben wir wohl die richtige Gruppe für dieses Jahr. Um einen reibungslosen Ablauf zu garantieren, bleiben Sie bitte sitzen und schweigen Sie, es sei denn, Sie werden angesprochen. Sie können die Hand heben, wenn ein ADDA-Mitarbeiter zu Ihnen kommen soll, aber bitte nur im Notfall." Sie ließ ihren Blick über den Raum schweifen, der selbst Josés Drachen strammstehen ließ. „Wer die Regeln bricht, wird disqualifiziert. Ohne Ausnahmen." Sie deutete auf José. „Sie können anfangen."

Es lag ihm auf der Zunge, eine sarkastische Bemerkung zu machen, aber er hielt sich zurück. Ashley machte nur ihren Job, und er war freiwillig hier. Nur, weil die meisten Menschen ihn nervten, musste er einer anständigen Menschenfrau ja nicht das Leben schwer machen.

Als José eine Reihe nach der anderen ablief, sah er Frauen aller Formen, Größen und Ethnien, alle auf ihre Weise hübsch. Aber bald verschwammen die

Gesichter. Keine stach hervor oder weckte in ihm den Wunsch, mit ihr zu reden.

Er sagte zu seinem inneren Tier: *Wie zum Henker soll ich eine auswählen?*

Selbst wenn du nur halbherzig suchst, bin ich gründlicher. Wenn unsere wahre Gefährtin hier ist, finde ich sie.

Bevor er antworten konnte, fiel ihm eine dunkelhaarige Frau ganz hinten auf, ein Buch vor ihrem Gesicht, das alles außer ihrem Scheitel verbarg. Er starrte sie einen Moment lang an, sie spähte über den Rand, um ihn zu mustern, zeigte kurz dunkle Augen und tauchte dann wieder hinter dem Buch ab.

Ihr seltsames Verhalten ließ ihn innehalten und sie genauer betrachten.

Selbst aus zehn Metern Entfernung konnte er den Titel des Buches lesen: *Die Drachen offenbaren: Das tägliche Leben in einem britischen Drachenwandlerclan*

Es war das berühmte Buch über Drachenwandler, vor ein paar Jahren von einer Menschenfrau in Großbritannien geschrieben, die mit einem Drachenmann gepaart war.

José musste zugeben, dass er nicht gedacht hätte, dass jemand vor der Lotterie seine Art studieren würde, da sie ihn nicht beeindrucken mussten, um in sein Bett zu kommen.

Er beobachtete, wie die Frau erneut einen Blick auf ihn warf, die Stirn über dunklen Brauen runzelte, als wollte sie etwas einschätzen, und ihre Aufmerksamkeit dann wieder auf das Buch richtete.

Okay, seine Neugier war geweckt.

Obwohl er eine Reihe nach der anderen abgehen sollte, ignorierte er die vorgeschlagene Route und steuerte direkt auf die Frau mit dem Buch zu.

Erst als er vor ihr stand, keuchte sie und senkte das Buch, um ihr wunderschönes Gesicht zu enthüllen. Das O, zu dem ihr Mund geöffnet war, ließ eine Seite seines eigenen Mundes zucken.

Bevor er mehr als ihr dunkles Haar und ihre braunen Augen wahrnehmen konnte, geschweige denn etwas sagen, polterte sein Drache: *Das ist sie!*

Victoria Lewis wusste, sie sollte ihr geliebtes Buch in den Rucksack unter ihrem Stuhl lassen und versuchen, sexy auszusehen, um die Aufmerksamkeit des Drachenmannes zu erregen.

Verdammt, jede Frau um sie herum tat das, einige trugen Tops, die kaum mehr als BHs waren, und Röcke, aus denen zweifellos die Pobacken rutschen würden, wenn sie sich nur ein wenig bückten.

Sie widerstand dem Drang, ihr eigenes Outfit zu betrachten. Victoria trug ein schlichtes, V-Ausschnitt-Shirt aus Stretchstoff in einem strahlenden Grün, einer Farbe, die jeder an ihr als schmeichelhaft beschrieb, und Jeans. Kein Make-up, keine auffälligen Ohrringe, nichts. Sie war einfach sie selbst. Na ja, fast. Sie zog Jogginghosen Jeans vor, aber die erste Begegnung mit einem Drachenwandler erforderte ein klitzekleines bisschen Mühe.

Nicht, dass sie erwartete, ausgewählt zu werden. Victoria war hier, um ihre Neugier zu befriedigen, Ende der Geschichte. Sie war noch nie einem Drachenmann näher gekommen als dem vorn im Raum. Natürlich hätte sie eine dieser Touren buchen oder eine der Bars finden können, über die gemunkelt wurde, dass Drachenwandler manchmal dort abhingen.

Aber der Gedanke, in eine Bar zu gehen und mit Fremden zu reden, trieb sie in die entgegengesetzte Richtung in die Flucht.

Nein, der einzige Weg für jemanden, der introvertiert war wie sie, einen Drachenwandler aus der Nähe zu sehen, war bei einer dieser Lotterien.

Sie hatte mehrere Stunden gebraucht, um genug Mut dafür zusammenzukratzen, sich überhaupt zu bewerben, bevor sie auf „Senden" klicken konnte. Und selbst als sie eingeladen worden war, hätte sie fast abgelehnt und die Sache vergessen.

Aber dann hatte sie sich daran erinnert, dass bei zweihundert Frauen, die sich in einem Raum drängten und alle darauf aus waren, Sex mit einem Drachenwandler zu gewinnen, die Wahrscheinlichkeit, dass er sie auswählte, verschwindend gering war.

Oh, Victoria mochte ihr Leben, und es störte sie

nicht, dass sie meistens Bücher Menschen vorzog oder dass sie zu Hause vom Computer aus arbeitete und sie den ganzen Tag in Yogahosen rumhängen konnte.

Aber Drachenwandler bei diesen Lotterien wollten meist extrovertierte Frauen, die Erfahrung ausstrahlten.

Jungfrau war sie vielleicht nicht, aber sie konnte die Zahl ihrer Sexualpartner an einer Hand abzählen und hätte nicht einmal alle Finger gebraucht.

Also hatte sie das Buch mitgenommen, und sie verglich es mit dem, was sie vor sich sah, wollte keine Sekunde dieser seltenen Gelegenheit verschwenden.

Tätowierung an einem Oberarm? Check. Allerdings war seine ein stilisierter Drache, ganz anders als die gezackten und geschwungenen Versionen der britischen Beispiele von tätowierten Drachen im Buch.

Nachdem sie den Abschnitt über Tätowierungen verglichen hatte, blickte sie wieder auf, um zu sehen, ob seine Pupillen blitzten. Als sie es nicht taten, wandte sie sich wieder dem Buch zu.

Ah, sie blitzten nur, wenn der innere Drache mit seiner menschlichen Hälfte sprach. Vielleicht schwieg der Drache gerade.

Gerade als sie das gelesen hatte, blickte sie auf und keuchte.

Irgendwie war der Drachenmann direkt vor ihr aufgetaucht, ohne dass sie es bemerkt hatte. Und als wäre sein sexy, muskulöser Körper nicht schon

Schock genug, blitzten seine Pupillen zu Schlitzen und zurück.

Aus der Nähe war es faszinierend und ein klitzekleines bisschen furchteinflößend.

Der Drachenmann grunzte. „Du. Ich will dich."

Sie blinzelte. „M-mich?"

Die ADDA-Mitarbeiterin stand neben ihm und hob die Brauen. „Möchten Sie sich aus der Auswahl zurückziehen?"

Für den Bruchteil einer Sekunde dachte Victoria darüber nach. Die ausgewählte Frau sollte mit dem Drachen gehen, um jede Menge Sex mit ihm zu haben, bis sie schließlich sein Kind empfing.

Und dann, sobald das Baby geboren war, konnte sie entweder bei den Drachen bleiben oder in ihr altes Leben zurückkehren.

Konnte sie das alles tun, wo sie doch nie gedacht hatte, ausgewählt zu werden? Sie war mental nicht darauf vorbereitet, mit einer großen Gruppe von Fremden zu leben.

Allein der Gedanke an Fremde sollte sie ins Schwitzen bringen und ihren Atem stocken lassen. Aber irgendwo in ihrem Kopf erinnerte sie sich daran, dass es alles *Drachenwandler* wären, was bedeutete, dass sie so viele beobachten und studieren konnte.

Der Drachenmann streckte seine Hand aus. „Komm mit mir."

Seine Stimme riss sie aus ihren Gedanken, und sie sah in seine dunkelbraunen Augen. Irgendetwas an ihnen, einschließlich der blitzenden Pupillen, erinnerte sie daran, dass sie immer von einer solchen Situation geträumt hatte. Und ausnahmsweise würde sie nicht zulassen, dass ihre Schüchternheit ihr ein Abenteuer verdarb.

Wenn schon sonst nichts, würden die kommenden Monate ihr genug Abenteuer für ein Leben lang bescheren. Dann konnte sie zu ihren Büchern und Tagträumen von Fantasywelten und -figuren zurückkehren, ohne Bedauern.

Als würde jemand anderes ihren Körper steuern, nahm Victoria ihren Rucksack und legte eine Hand in seine. Allein die Wärme seiner Hand ließ ihren Bauch kribbeln. Was würde passieren, wenn er ihren nackten Körper berührte?

Sie versuchte, nicht zu erröten, und wollte gerade aufstehen, als er sie mühelos auf die Füße zog, der Schwung so groß, dass sie gegen seine Brust stolperte.

Seine harte, heiße Brust.

Während sie sich bemühte, nicht zu schlucken, traf sie erneut seinen Blick, nur um festzustellen, dass seine Pupillen jetzt schnell blitzten, viel schneller als zuvor. Es juckte ihr in den Fingern, das Buch zu konsultieren und zu sehen, ob es erklärte, was das bedeutete.

Dann erinnerte sie sich, dass sie ihm, wenn sie mit ihm ging, so viele Fragen stellen konnte, wie sie wollte. Das gab ihrem Selbstvertrauen einen kleinen Schub.

Er zog sie zum Hinterausgang. Victoria nahm vage wahr, dass die ADDA-Vertreterin folgte, während vorn im Saal jemand zu sprechen begann.

Doch Victoria hörte kein Wort über ihr pochendes Herz. Sein Griff war fest und seine Hand ein bisschen rau, und allein das Gefühl seiner Haut an ihrer war eines der erotischsten Erlebnisse ihres Lebens.

Sie konnte sich nicht vorstellen, was er mit diesen Händen tun würde, sobald sie die Verträge unterschrieben hatte. Er würde sie ausziehen, ihren Körper streicheln und vielleicht sogar allein mit seinen Fingern einen Orgasmus auslösen.

Und während all das ihre Haut erhitzte und sie sich in ihre Kleider eingezwängt fühlen ließ, konnte ihr Verstand dennoch nicht loslassen, dass sie diejenige war, die mit ihm ging. Er hatte *sie* ausgewählt. Aus allen anderen im Raum.

Vielleicht sollte sie schweigen, aber sie platzte heraus: „Warum ich?"

Die dunkelbraunen Augen des Drachenwandlers bohrten sich in ihre, und er sagte: „Weil du mich faszinierst."

Sie unterdrückte ein Schaudern angesichts seiner tiefen Stimme.

Er sagte kein weiteres Wort und führte sie nur durch den Flur in einen anderen, kleineren Raum. Dort gab es Erfrischungen, ein kleines Sofa und einen Tisch, auf dem sich Dokumente und Ordner stapelten, mit Stühlen auf beiden Seiten.

Die ADDA-Mitarbeiterin deutete auf jeden von ihnen, als sie sagte: „Der erste Schritt ist, ein bisschen zu reden und die Vereinbarungen und Regeln gemeinsam durchzugehen. José wird mich informieren, wenn Sie fertig sind. Nehmen Sie sich so viel Zeit, wie Sie brauchen, aber bitte nicht mehr als zwei Stunden. Wir haben einen Zeitplan einzuhalten." Sie hielt Victoria ein Smartphone entgegen. „Meine Nummer ist momentan die einzige, die gespeichert ist. Rufen Sie mich an, wenn Sie mich brauchen sollten, Miss ..." Sie warf einen Blick auf ihr Namensschild und zurück. „Miss Lewis."

Victoria nahm das Handy und nickte. Nachdem die ADDA-Mitarbeiterin dem Drachenwandler einen langen Blick zugeworfen hatte, ging sie.

Stille senkte sich über den Raum, obwohl ihr Herz so laut schlug, dass sie sich fragte, ob der Drachenmann es hören konnte. Schließlich hatten Drachenwandler schärfere Sinne als Menschen.

Als die Sekunden verstrichen, wünschte Victoria, sie wäre eine von denen, die witzige Bemerkungen machen konnten, um die Stille zu brechen.

Aber das war sie nicht. Stattdessen lächelte sie und sagte: „Freut mich, dich kennenzulernen."

Kapitel Zwei

Als die Menschenfrau „Freut mich, dich kennenzulernen" sagte, musste José sich zusammenreißen, um nicht zu lachen. Er kannte einen anderen Drachenmann aus einem der Clans in der Tahoe-Region, der vor ein paar Jahren an der Lotterie teilgenommen hatte. Der hatte erzählt, wie die Frau sofort geschnurrt und sich bei der ersten Gelegenheit auf ihn gestürzt hatte.

Diese ... Victoria Lewis ... sah nicht so aus, als würde sie ihn gleich bespringen. Überhaupt nicht.

Was ihn nur noch mehr faszinierte.

Sein Drache nickte. *Und das ist gut so. Schließlich wollen wir mehr von unserer wahren Gefährtin.*

Bist du dir absolut sicher, Drache? Sie ist hübsch, und ich werde keine Probleme haben, sie zu küssen und einen hochzukriegen, aber sie ist nicht das, was ich mir vorgestellt habe.

Nein, sie ist keine Drachenwandlerin. Aber meistens klappt das am Ende gut.

„Meistens" war das entscheidende Wort. Wenn es mit wahren Gefährtinnen schiefging, ging es meistens dramatisch schief.

Sein Drache knurrte. *Das wird uns nicht passieren, solange du nett bist und versuchst, sie zu umwerben.*

Sein Tier ignorierend, ließ José ihre Hand los und entschied, dass er genauso gut anfangen konnte. Je schneller alles unterschrieben war, desto eher konnte er die Menschenfrau allein haben und sie in sein Bett locken.

Und ja, als sein Blick über ihre kleinen Brüste, ihre hübsch gerundeten Hüften und die kurvigen Schenkel glitt, die wie gemacht waren, um sich um seinen Kopf zu schlingen, während er ihre Pussy leckte, bis sie schrie, wollte er das verdammt nochmal, wahre Gefährtin oder nicht.

Sein Drache knurrte. *Nicht, bevor du ihr die ganze Wahrheit sagst.*

Die Wahrheit bedeutete, ihr zu erklären, dass ein Kuss auf den Mund mit der wahren Gefährtin einen Gefährtenrausch auslösen würde, einen nonstop Sex-Marathon, bis sie schwanger war. *Wir werden sehen.*

Du darfst es ihr nicht verheimlichen. Sie wird Angst bekommen und abhauen, wenn sie die Gelegenheit bekommt.

José hatte von solchen Fällen gehört, aber das

hier war anders. *Wenn sie den Vertrag unterschreibt, kann sie nicht gehen.*

Willst du wirklich so mit ihr anfangen? Weil sie dann später gehen könnte.

Und obwohl sein inneres Tier es nicht aussprach, wusste José, was es meinte – sein Drache könnte durchdrehen, wenn sie ihre wahre Gefährtin beanspruchten und sie dann ging. Und wenn er sich verwandelte und unkontrollierbar wurde, könnte das ADDA ihn jagen und töten.

Er antwortete: *Ich werde das nicht zulassen. Ich habe einen Plan, also halt dich einfach zurück.*

Die Brauen der Menschenfrau zogen sich zusammen, und sie platzte heraus: „Spricht dein Drache mit dir? Das ist doch der Grund, weswegen deine Pupillen blitzen, oder?" Sie wartete nicht auf eine Antwort, sondern fuhr fort. „Und was sagt er? Ich war immer neugierig, was das angeht."

Wenn ich die Kontrolle hätte, würde ich es ihr sagen, schnaubte sein Drache.

Er ignorierte sein Tier und antwortete der Menschenfrau. „Ja, er labert 'ne Menge. Manchmal zu viel. Aber was er gerade sagt, muss warten. Ich darf schließlich keine Drachenwandler-Geheimnisse verraten, zumindest nicht, bevor die Verträge unterschrieben sind."

Sie hob das Buch, das sie gelesen hatte. „Wenn ihr keine völlig andere Spezies als die britischen Drachen seid, dann wüsste ich nicht, welche großen Geheimnisse ihr noch haben könntet."

Er beugte sich vor und seufzte: „Ich hab schon so einige Menschen getroffen, aber ich wette eine Million, dass du auch ein paar Geheimnisse hast, oder? Vielleicht welche, die nur nachts rauskommen, in deinen Träumen?"

Ihre Wangen röteten sich, und der Anblick ließ seinen Puls in die Höhe schnellen. Sie war vorher schon hübsch gewesen, aber jetzt war sie verdammt umwerfend. José fragte sich, ob ihr ganzer Körper so erröten würde, wenn er sich zwischen ihren Schenkeln niederließ und sie härter kommen ließ als je zuvor.

Sie räusperte sich. „Natürlich habe ich Geheimnisse, aber nicht über mein Menschsein. Alles, was du über uns wissen willst, steht in einem Lehrbuch. Über Drachenwandler gibt's nicht so viele Fachbücher. Und ich mag Fakten lieber als Gruselgeschichten, die man Kindern vor dem Schlafengehen erzählt."

Klang sie ... enttäuscht? Und warum hatte er das Bedürfnis, ihr alles zu erzählen, was sie wollte, damit sie sich vorbeugte und an seinen Lippen hing?

Sein Drache erklärte: *Du weißt, warum.*

Nicht bereit, darüber nachzudenken, wie eine wahre Gefährtin so viel Macht über ihn haben konnte, deutete er auf den Tisch. „Du wirst mehr über meine Art aus den Unterlagen erfahren. Lass uns anfangen." Er suchte ihren Blick. „Es sei denn, du willst weglaufen?"

Sie richtete sich ein wenig auf und drückte das

Buch an ihre Brust. Sie gab sich mutig, aber der Rucksack, der von einer Schulter baumelte, machte das Bild irgendwie zunichte.

Und aus irgendeinem Grund fand José den Anblick süß.

Was zum Henker? Er fand nichts verdammt süß.

Verflixte wahre Gefährtin und ihre Fähigkeit, ihn überhaupt dazu zu bringen, an ein solches Wort zu denken.

Victoria ging zum Tisch, legte ihr Buch ab, warf den Rucksack auf den Boden und steuerte auf den Tisch mit den Getränken und Snacks zu. Während sie Kekse und Chips auf ihren Teller häufte, beobachtete er, wie sie alles sorgfältig auswählte. Kein schnelles Zugreifen und Weitergehen. Nein, sie betrachtete jede Packung und entschied dann.

Vielleicht würde sie genauso gründlich seinen Körper erkunden, jeden Zentimeter kennenlernen, bevor sie endlich seinen Schwanz in den Mund nahm.

Sein Drache schnaubte. *So werden Babys nicht gemacht, also muss sie das nicht tun, wenn sie nicht will.*

Oh, ich denke, sie wird es irgendwann wollen. Die Stillen sind oft die Abenteuerlustigsten im Bett.

Sagt wer?

Alle.

Sie hatte endlich ihren Teller vollgeladen und nahm eine Flasche Eistee, bevor sie sich auf einen der Stühle am Tisch setzte.

Ohne sich um Snacks zu kümmern, setzte er sich ihr gegenüber und achtete darauf, dass sein Bein „versehentlich" ihres streifte. Die Menschenfrau hatte den Keks auf halbem Weg zum Mund und erstarrte. Er rieb sein Bein an ihrem, und sie begegnete seinem Blick.

Die Hitze und Neugier in ihren Augen ließen seinen Schwanz sofort hart werden.

Ja, diese Menschenfrau würde er verdammt nochmal in seinem Bett genießen.

Er musste sie nur dazu bringen, die verdammten Verträge zu unterschreiben.

Er öffnete einen Ordner, gab ihn ihr und nahm sich einen anderen. Auch wenn das langweilig war und nicht das, was er jetzt tun wollte, würde er ein Spiel daraus machen. Wie viel Überredungskunst unter dem Tisch würde nötig sein, damit sie die Berührungen erwiderte?

Sein Drache machte es sich gemütlich und wartete. Drachen liebten Spiele, und Victoria Lewis war gerade das spannendste Spiel ihres Lebens geworden.

Als das Bein des Drachenmanns ihres streifte, erstarrte sie. Nicht aus Angst, sondern jedes kleine Reiben seines in Jeans gehüllten Beins an ihrem ließ ihren Bauch Purzelbäume schlagen und Hitze zwischen ihre Schenkel schießen.

Sie wusste, dass es hier um Sex und Fortpflanzung ging, aber wollte er sie wirklich so sehr, dass er sie quasi unter dem Tisch füßelte?

Dann glitt sein Bein zwischen ihre und schob sie sanft auseinander.

Und einen Moment lang dachte sie, wenn sie nur ein bisschen auf ihrem Stuhl vorrückte, könnte sein Knie das pochende Nervenbündel in ihrem Schritt erreichen.

Doch José zog sein Bein weg und lehnte sich in seinem Stuhl zurück, ein selbstzufriedenes Schmunzeln im Gesicht. „Wirst du den jetzt essen oder was?"

Sie blickte auf den vergessenen Keks in ihrer Hand und unterdrückte ein Schnauben. Er wusste verdammt genau, warum sie ihn vergessen hatte. Es passierte nicht jeden Tag, dass ein heißer, sexy Drachenmann versuchte, sich zwischen ihre Beine zu drängen.

Sie sollte den Keks wegwerfen und die erste Seite des Ordners aufschlagen. Doch tief in ihrem Inneren, in dem Teil, den sie für Fantasien und Träume reservierte, sprudelte eine Idee hervor. Ohne den Blick abzuwenden, leckte sie langsam am Rand des Kekses und ließ ihre Zunge ein paarmal über die Kante schnellen, bevor sie ihn an ihre Lippen führte. Sie bewegte ihn langsam hin und her, bevor sie endlich abbiss.

Und sie hörte, wie der Drachenmann scharf einatmete.

Ein Triumphgefühl machte sich in ihrem Körper breit. Zum ersten Mal in ihrem Leben war sie so cool gewesen wie in ihren Fantasien.

Doch das Hochgefühl hielt nicht lange an, denn José nahm ihr den Keks aus der Hand, stopfte sich den Rest in den Mund und schob ihren Teller weg. „Ich sehe, du bist hungrig, Menschenfrau. Wenn du was von dem kosten willst, was du wirklich lecken willst, dann lass uns loslegen."

Mit zwei Sätzen brannten ihre Wangen. So viel zu cool und sexy, als würde sie täglich Drachenwandler heiß machen.

Sie griff nach dem Ordner und versuchte, sich auf die erste Seite zu konzentrieren. Was sie fand, ließ sie die Stirn runzeln.

ZUSAMMENFASSUNG

Bevor Sie fortfahren, ist es wichtig, zu verstehen, dass Sie zustimmen, sich so lange sexuell der Gnade eines Drachenwandlers auszuliefern, bis Sie empfangen. Drachenwandler sind sehr körperlich im Bett, und wenn Ihnen das Angst macht, rufen Sie jetzt die ADDA-Verbindungsperson, um zu gehen. Sie wurden hiermit gewarnt.

Krass! Die hielten wirklich nichts zurück, oder?

Und dieser innere Teil von ihr konnte nicht anders, als zu murmeln: „Mir scheint, Drachen überschätzen ihre Fähigkeiten."

Josés Bein war wieder zwischen ihren, sein Knie fast an ihrem Schritt. Er sagte: „Dann muss ich mich wohl mehr anstrengen als zuvor, um zu beweisen, dass das alles wahr ist, oder?"

Sie blickte auf und keuchte angesichts der Hitze in seinen Augen. Dazu die blitzenden Pupillen, und es war klar, dass sie nicht mit einem normalen, anmaßenden Menschenmann zu tun hatte.

Das war ein Drachenwandler, und offenbar einer, der sich gern bewies.

Vielleicht war das gar nicht so übel.

Froh, dass sie das nicht laut ausgesprochen hatte – das hätte alles noch peinlicher gemacht –, räusperte sie sich, zum gefühlt hundertsten Mal an diesem Tag. „Ich bin sicher, du wirst reichen."

Sein Bein kam näher, sein Knie streifte ihre Klitoris und ließ sie keuchen, bevor er sich zurückzog. Lust schoss durch ihren Körper, durchnässte ihr Höschen, und es kostete sie all ihre Selbstbeherrschung, ihn nicht zu bitten, es nochmal zu tun.

Er lächelte langsam. „Du weißt, dass Drachenwandler scharfe Sinne haben, also weiß ich, dass du auch darauf brennst, dass ich es beweise."

Er konnte sie *riechen*.

Vielleicht würde das manche Frauen abschrecken, aber sie wurde nur noch feuchter.

Was es schwerer machte, sich zu konzentrieren. Also zog sie sich zurück und rutschte weiter den Tisch hinunter, außer Reichweite seines Knies. „Du kannst nichts beweisen, wenn wir das hier nicht durchziehen. Also lass uns anfangen."

Als sie zu lesen begann, verschränkte José die

Arme vor der Brust und beobachtete sie nur. Nach ein paar Minuten blickte sie auf. „Liest du nicht mit?"

„Ich hab's schon gelesen. Und ich habe ein fotografisches Gedächtnis, also erinnere ich mich an jedes Wort."

Natürlich hatte der verdammt sexy, muskulöse Mann, der sich in einen Drachen verwandeln konnte, auch noch ein fotografisches Gedächtnis. „Bist du zufällig auch unsterblich?"

Er schnaubte. „Nein, aber ich wette, irgendwer arbeitet daran."

Und Humor hatte er auch noch.

Wenn sie lange genug bei ihm blieb, würde sie ihn am Ende einfach so verlassen können?

Oder würde er wollen, dass sie bei ihm blieb?

Hör auf mit dieser Schnulzenroman-Denke, Tori. Er wollte eine Eroberung, keine Ehefrau. Letzteres war bei der ganzen Sache nicht nötig.

Also las sie weiter, unterschrieb, wo es von ihr erwartet wurde, und rief sich ins Gedächtnis, dass es hier um Sex ging, und darum, schwanger zu werden, nicht mehr.

Solange sie das im Kopf behielt, würde sie mit heilem Herzen aus dieser Sache hervorgehen.

Vielleicht.

Kapitel Drei

Ein paar Stunden später trommelte José mit den Fingern auf seinen Oberschenkel und wünschte, die ADDA-Vertreterin würde ein bisschen schneller fahren.

Je eher sie in der Hütte ankamen, desto schneller konnte er die Menschenfrau ausziehen und sein Versprechen einlösen.

Verdammt, sie war verführerisch gewesen, sexyer als jede Frau, die ihm je über den Weg gelaufen war, und das alles, während sie beschissene Verträge ausfüllte.

Sein Drache meldete sich zu Wort. *Dann sag ihr, dass wir ihr wahrer Gefährte sind. Sie verdient es, das zu wissen.*

Irgendwann. Ich will erst ihre süße Pussy lecken, sie zum Schreien bringen und es ihr dann sagen.

Warum? Hast du Angst, dass sie Nein sagt und wegläuft?

Eigentlich sollte es egal sein, was Victoria tat, aber José wollte verdammt nochmal, dass sie blieb.

Bei keiner Frau war es ihm je so leicht gefallen, mit ihr zu reden, nicht einmal unter seinesgleichen. Ja, sie fand ihn heiß und wollte ihn so schnell wie möglich zwischen ihren Schenkeln, aber es war mehr als nur der Wunsch, ihn zu erobern und dann die Kurve zu kratzen. Sie war neugierig, und das könnte vielleicht reichen, um sie von mehr zu überzeugen.

Vielleicht, nur vielleicht, hatte das Schicksal recht gehabt. Vielleicht war sie die eine Frau, die er halten, beschützen und über alles schätzen würde.

Sein Drache schnaubte. *Seit wann bist du so romantisch?*

Keine Ahnung. Die Frau macht komische Sachen mit mir.

Und sie musste nicht einmal neben ihm oder ihm gegenüber sein, um das zu schaffen.

Victoria wurde in einem anderen Wagen gefahren, um ihr eine letzte Chance zu geben, Fragen zu stellen oder auszusteigen, zu diesem Zeitpunkt mit nur einer geringen Strafe.

José grub seine Nägel in seinen Oberschenkel. Sie sollte bloß nicht weglaufen. Selbst wenn es gegen den Vertrag verstoßen würde, würde er versuchen, ihr nachzujagen.

Er wollte knurren, aber er wollte Ashley nicht erschrecken. Also trommelte er weiter mit den Fingern und dachte daran, wie seine kleine Menschenfrau den Keks geleckt und damit angedeutet hatte, was sie mit seinem Schwanz anstellen wollte.

Einem Schwanz, der nicht mehr weich geworden war, seit er mit ihr allein gewesen war.

Ashley schnaubte vom Fahrersitz. „Für jemanden, der vor ein paar Stunden noch so widerwillig war, platzten Sie jetzt fast vor Ungeduld, mit ihr zusammen zu sein, oder?"

Er warf ihr einen schiefen Blick zu. „Ist das nicht gut?"

Nach einer Pause fragte Ashley: „Ist sie Ihre wahre Gefährtin? Wenn ja, sollten Sie es ihr sagen. Ich arbeite seit fast zehn Jahren für das ADDA, und wenn Sie eine Zukunft mit einer Menschenfrau wollen, müssen Sie ehrlich sein."

„Werde ich."

Ashley tippte auf das Lenkrad. „Also ist sie es. Das ist, soweit ich mich erinnere, erst das zweite Mal, dass das bei den Lotterien passiert."

Er wusste das und hatte eher gehofft, seine Schwester würde ihren wahren Gefährten finden, nicht er.

Aber jetzt, wo er Victoria gesehen und mit ihr gesprochen hatte, würde er sie auf keinen verdammten Fall loslassen.

Sie erreichten endlich die äußeren Tore der Hütte – oder eher, wie José annahm, ein kleines Anwesen – und wurden eine Minute später eingelassen. Als Ashley vor dem großen, rustikal aussehenden Gebäude parkte und den Motor abstellte, drehte sie sich halb zu ihm um. „Ich meine es ernst, sagen Sie es, bevor Sie sie küssen. Anderenfalls könnten Sie die schlimmste Hölle erleben. Sie könnte mit dem Kind bleiben und einen anderen Drachenmann als Vater wählen. Und Sie können nichts dagegen tun."

Er grunzte. „Ich hab's verstanden, okay? Kaum zu glauben, aber meistens kommen wir auch ohne ADDA klar, ohne dass Sie uns bemuttern müssen. Ich brauche keinen Babysitter."

„Vielleicht nicht, aber ich versuche hier nur, nett zu sein. Ich habe einen Drachenmann gesehen, dessen wahre Gefährtin ihn abgewiesen hat, und der durchlebt fünf Jahre später immer noch die Hölle. Auch wenn ich nicht behaupten würde, dass ich Ihre sonnige Persönlichkeit sonderlich mag, wünsche ich das niemandem."

José wusste, wen sie meinte, alle in PineRock kannten ihn. Cole lebte fast vollkommen isoliert und nahm bei den Rettungs- und Feuerwehreinsätzen jedes verdammte Risiko auf sich, als hoffte er, das Schicksal würde ihn von seinem Leiden erlösen.

„Ich weiß." Er hielt inne und murmelte: „Danke."

„Sehen Sie, das war gar nicht so schwer, oder? Sie waren nett und sind dabei nicht in Flammen aufgegangen."

Er verdrehte die Augen und öffnete die Tür: „Ich gehe jetzt."

„Und ich zähle die Tage, bis der Rausch vorbei

ist. Vielleicht lasse ich meinen Verlobten sogar einen supersüßen Kuchen für Sie backen, um die Vaterschaft zu feiern, einen mit lauter niedlichen Babysymbolen und massenhaft Blumen. Pinkfarbene, die glitzern? Wie wäre das?"

Er zeigte ihr den Mittelfinger, knallte die Tür zu und betrat die Hütte. Er hatte noch fünf oder zehn Minuten, bis Victoria ankam.

Falls sie ankam.

Sein Tier knurrte. *Sie wird kommen.*

Da er das auch dachte, machte sich José daran, alles vorzubereiten. Er würde keine Zeit verschwenden, sobald seine Menschenfrau da war. Und auch wenn er ein mürrischer Bastard sein konnte, wusste José, dass ein bisschen Verführung nie schadete.

Also machte er sich an die Arbeit.

Victoria stand vor der Hütte, ihr Mund weit offen, und sie versuchte zu begreifen, wie irgendjemand *das* als Hütte bezeichnen konnte.

Das Haus war rustikal, wie ein Blockhaus, aber drei Stockwerke hoch und deutlich größer als das Haus, in dem sie aufgewachsen war. Verdammt, größer als jedes Haus in ihrer ganzen Straße.

Gaben sie ihnen ein Haus dieser Größe, damit sie genug Platz hatten, sich aus dem Weg zu gehen, falls sie einander auf die Nerven gingen? Sonst konnte sie sich nicht vorstellen, warum es keine kleine Hütte war. Das wäre gemütlich und romantisch. Der perfekte Ort, um den Drachenmann kennenzulernen.

Dann erinnerte sie sich, dass Romantik nicht zu den Voraussetzungen des Deals gehörte.

Die ADDA-Mitarbeiterin, die sie zur Hütte gefahren hatte, hupte, um Victoria daran zu erinnern, dass sie nicht abfahren würde, bis sie im Haus war.

Obwohl sie jedes Recht hatte, einzutreten, klopfte sie an die Tür. Eine Sekunde später öffnete José die Tür.

Und der Mann trug kein Hemd.

Als sie auf die durchtrainierten Muskeln seiner Brust und seines Bauchs starrte, vergaß sie das Haus, die Mitarbeiterin und sogar, wie kühl es war. Sie hatte die Erklärung, dass Drachenwandler durch das Fliegen in Drachengestalt so durchtrainiert waren, immer für eine Übertreibung gehalten.

Offenbar nicht.

Ihr Blick wanderte tiefer, zu dem Haarstreifen, der über seinen Bauch lief, und sie biss sich auf die Lippe angesichts der Erektion, die gegen seine Jeans drückte.

Eine ziemlich beachtliche.

Mit einem Knurren zog José sie ins Haus und schlug die Tür zu. Im nächsten Moment hatte er sie dagegen gedrückt, sein Gesicht nur Zentimeter von ihrem entfernt.

Als sein heißer Atem über ihre Lippen tanzte, eine hauchzarte Berührung, hätten ihre Knie fast nachgegeben. Sie war endlich allein mit ihm, dem sexy Drachenwandler mit dem fotografischen Gedächtnis. Dem, der sie vorhin, im kleinen Besprechungsraum, wahrscheinlich zum Orgasmus gebracht hätte, wenn sie es zugelassen hätte.

Was würde er jetzt tun, fragte sie sich, während die Vorfreude ihr Herz hämmern ließ.

Hey, Tori, tritt mal auf die Bremse, ja?

José murmelte: „Steht in deinem Buch nichts darüber, dass du vorsichtig sein sollst, wenn du mit einem geilen Drachenwandler allein bist?"

„N-nicht viel. Nur, dass man sich wirklich sicher sein muss, bevor man mit einem allein ist."

Er strich über ihre Wange, dann ihren Mund, zeichnete den Schwung ihrer Lippen nach. Als er sanft über ihre Unterlippe strich, ließ die Berührung ihre Brustwarzen und ihren Schritt pochen. Ihr Mund öffnete sich ein wenig, als wollte sie keuchen.

Bei dem Tempo würde sie keine Chance haben, Fragen zu stellen, bevor sie beide nackt waren und „zur Sache kamen", wie Ashley es genannt hatte.

Während José sprach, schaffte Victoria es irgendwie, seine Worte zu hören, trotz seiner stetigen Liebkosung ihres Mundes. „Ja, man muss es wollen – heißen, verschwitzten, lebensverändernden Sex – das stimmt." Er schob die Spitze seines Zeigefingers in ihren Mund, zog ihn aber zurück, bevor sie zubeißen konnte.

Zubeißen? Ja, die Königin aller Leseratten,

Victoria Lewis, hatte gerade fast den Finger eines Drachenmannes angeknabbert.

Seine Pupillen blitzten, bevor er murmelte: „Und da du hier bist, heißt das wohl, du bist dir sicher bei dem, was als Nächstes kommt."

Sie nickte und wünschte sich, sie hätte einen witzigen Spruch parat. Aber Victoria überraschte sich selbst, als sie fragte: „Wann legen wir los?"

Er stöhnte, bevor er seinen Kopf zu ihrem Ohrläppchen senkte. Er knabberte daran, leckte dann darüber, um das Brennen zu lindern, und sie lehnte sich schwerer gegen die Tür. Ein Teil von ihr wünschte sich, er würde ihre Kleider mit seinen Krallen zerfetzen – sie war sich ziemlich sicher, dass sie auch einzelne Teile ihres Körpers verwandeln konnten –, sie hochheben und sie hart gegen die Tür ficken.

Was? Sie hatte keine Ahnung, woher dieser Gedanke gekommen war. Vielleicht verströmte er Pheromone, die wie ein Aphrodisiakum wirkten.

Nachdem er ihr Ohr nochmal angeknabbert hatte, sagte er: „Ich weiß, was meine kleine Menschenfrau braucht. Aber um ganz sicherzugehen, zieh dich aus und setz dich auf die Couch."

Sein Befehl ließ ihre Wangen brennen. Noch nie hatte sie sich für einen Mann ausgezogen, schon gar nicht am Tag, an dem sie ihn kennengelernt hatte. „Kann ich nicht erst ins Bad, um mich frisch zu machen?" *Und Mut zu sammeln.*

Er küsste ihre Wange. „Auf keinen Fall. Ich

brenne darauf, deine herrliche Haut zu sehen, Menschenfrau." Seine Stimme wurde eine Spur tiefer. „Und ich will nicht warten, um zu sehen, wie feucht und geschwollen du schon für mich bist."

Verdammt, bei seinen schmutzigen Worten pochte ihre Klitoris, und sie hätte fast ihr Becken an ihm gerieben. *Okay.* Sie konnte das. „Dann musst du zurücktreten, weil ich keine Superheldenkräfte hab, um dich wegzuschieben. Außer, du willst, dass ich dir in die Eier trete, um freizukommen?"

„Das willst du nicht tun, Menschenfrau." Seine Hand strich sanft über ihre Seite, eine Berührung, die elektrische Spannung hinterließ, bevor er zurücktrat. „Denn dann müsstest du warten, bis ich tief in deine enge Pussy stoße, tiefer als du es je gefühlt hast, und ich glaube nicht, dass du warten willst."

Ihre Brüste wurden noch schwerer, und sie brannte darauf, sich auszuziehen und ihn tun zu lassen, was er wollte.

Noch nie hatte sie sich so wohl bei einem Mann gefühlt, schon gar nicht so schnell.

Vielleicht hatte er Super-Drachenwandler-Verführungskräfte.

José ging zur Couch und hob fragend eine Braue.

Das heißt wohl, es ist Zeit, für den Drachenmann zu strippen.

Sie holte tief Luft und warf ihren Rucksack auf einen Stuhl. Und obwohl ihre Wangen immer noch brannten, konnte sie den Blick nicht von José lösen, dessen Augen blitzten und voller Hitze loderten.

Kein Mann hatte sie je so angesehen, als wäre sie die begehrenswerteste Frau der Welt.

Es wäre leicht, sich an diesen Blick zu gewöhnen.

Nein. Keine Gedanken an die Zukunft. Sie hob das Kinn ein Stück weit, näherte sich ein paar Schritte und überlegte, wann sie anfangen sollte, sich für ihn auszuziehen. Nicht, dass sie eine Expertin war. Aber, verdammt, wenn das das größte Abenteuer ihres Lebens werden sollte, würde sie ihr Bestes geben, um es unvergesslich zu machen.

Auch wenn ihre Haare an einem Knopf hängen blieben und sie hüpfend um Hilfe bitten müsste, was sehr typisch für sie wäre.

Das wäre definitiv nicht, was der Drachenmann erwartet hatte.

Sie biss sich auf die Lippe, um nicht über seine mögliche Reaktion zu lachen, und zog langsam den Reißverschluss ihrer Jacke auf, liebte es, wie Josés Augen der Bewegung folgten. Als sie den Ärmel auszog, schob sie die Brust vor und beugte sich ein wenig vor, damit er in ihren Ausschnitt blicken konnte.

Und ja, er starrte in ihren Ausschnitt, seine Augen blitzten, als er knurrte.

Ihr Herz hämmerte so laut, dass sie sonst nichts hörte. Aber sie warf die Jacke weg und griff nach dem Saum ihres Tops. Langsam zog sie es hoch, rieb es ein paarmal über ihre schmerzenden Brustwarzen und stöhnte schamlos.

José fuhr sich mit der Hand über den Mund und

murmelte: „Scheiße, jetzt bin ich eifersüchtig auf ein Shirt."

Seine Worte gaben ihr Selbstvertrauen, und sie zog das Top ganz aus – vorsichtig, um nicht an die verdammten Zierknöpfe zu kommen – und warf es ihm zu.

Er fing es, hielt es an seine Nase und inhalierte tief. Seine Pupillen blieben länger geschlitzt, als sie es je gesehen hatte, bevor sie wieder rund wurden.

Er streckte eine Hand aus, zog sie aber zurück. „Weiter, Menschenfrau. Wenn du nochmal aufhörst, reiße ich dir den Rest deiner Klamotten mit einer Kralle vom Leib."

Also hatte sie recht – er konnte auch eine einzelne Kralle verwandeln.

Dann traf sie ein Gedanke – der Mann konnte sich in einen wer weiß wie viele Meter hohen Drachen verwandeln. Einen, dessen Farbe sie nicht einmal kannte. Und aus irgendeinem Grund musste sie etwas, irgendetwas, über ihn wissen, um das hier weniger surreal zu machen.

José machte einen Schritt auf sie zu, und sie platzte heraus: „Welche Farbe hat dein Drache?"

Er blinzelte. Mit dieser Frage hatte er eindeutig nicht gerechnet. Er antwortete: „Blau."

„Werde ich ihn je sehen?"

„Das hängt davon ab, ob du dich jetzt sofort fertig ausziehst oder nicht."

Sie versuchte, den Mut von vor ein paar Sekunden wiederzufinden, und scheiterte. Ihre

Kühnheit war wohl nur kurzlebig, was Sinn ergab, da sie normalerweise nicht so war.

Im nächsten Moment war er bei ihr. Aber anstatt ihre Kleider zu zerreißen, legte er einen Finger unter ihr Kinn und zwang sie, seinem Blick zu begegnen – ein glühender Blick, voller Verlangen. „Was ist?"

Jetzt überraschte er sie. Geduld war normalerweise nicht eine der Top-Eigenschaften, die sie Drachenwandlern zuschrieb.

Bei jedem anderen hätte sie wahrscheinlich den Blick abgewandt, nichts gesagt und versucht, das Thema zu wechseln.

Doch während José die Unterseite ihres Kinns streichelte, sprudelten die Worte einfach aus ihr heraus. „Ich weiß so wenig über dich, und doch bin ich kurz davor, mit dir Sex zu haben. Das ist irgendwie komisch."

Ein Mundwinkel zuckte hoch. „Du bist wohl nicht der Typ für One-Night-Stands, oder?"

Er hatte ja keine Ahnung. „Ganz ehrlich? Ich hätte nicht gedacht, dass du mich im Hotel auswählst. Und je mehr wir miteinander zu tun haben, desto mehr verfliegt der Schock und die Aufregung, und die Realität wird mir bewusst." Sie hielt kurz inne, bevor sie den Rest herauspresste: „Und das macht mich ein bisschen nervös."

Er beugte sich vor. „Hast du es dir anders überlegt?"

Während sie in seine Augen starrte, ein tiefes Braun voller Neugier, dachte sie nach. Aber in ihrem

Kopf schrie etwas „Nein". Sie hatte sich aus einer Laune heraus bei der Lotterie angemeldet und den Platz akzeptiert, um so viel wie möglich zu lernen, und nicht mehr.

Aber jetzt, wo er ihre Haut berührt, an ihrem Ohrläppchen geknabbert und sie geiler gemacht hatte als je zuvor in ihrem Leben, konnte sie nicht mehr nur studieren wollen.

Nein, sie wollte ihn besser kennenlernen, in jeder Hinsicht. Denn sie würde sich nicht den Rest ihres Lebens fragen „Was wäre gewesen, wenn?". „Nein, ich hab's mir nicht anders überlegt. Aber vielleicht könnten wir ein bisschen langsamer machen? Du hast mich noch nicht einmal richtig geküsst."

Seine Pupillen blitzten, aber sie konnte seinen Ausdruck nicht deuten.

Was würde sie nicht geben, um mit seinem inneren Drachen zu reden.

Langsam bewegte José seinen Kopf zu ihrer Wange, küsste sie kurz – seine festen, warmen Lippen ließen sie erschauern – und flüsterte: „Da, du wurdest geküsst."

Sie überraschte sich selbst mit einem Knurren. „Das habe ich nicht gemeint."

Eine seiner Hände berührte ihre Hüfte, glitt dann langsam zu ihrem Bauch, bevor sie tiefer rutschte, auf ihre Scham, um die Handfläche gegen ihre Klitoris zu drücken. Victoria sog Luft ein, als er wieder sprach. „Wie wäre es, wenn ich dich hier küsste?"

Oh, wie sie „Ja" schreien und ihre Hose runterreißen wollte. Sie hatte viele Romane gelesen, in denen Frauen umwerfenden Oralsex bekamen, aber Victoria hatte noch keinen Mann im echten Leben gefunden, der dort unten wusste, was er tat.

Sie schnaubte bei der Vorstellung von José, wie er da unten hilflos rumfummelte. Sie konnte es sich einfach nicht vorstellen.

Schließlich schien der Drachenmann in allem anderen so verdammt gut zu sein. Sie konnte sich nicht vorstellen, dass sein Stolz, geschweige denn sein Drache, da versagen würde.

José fing ihren Blick wieder ein. „Was ist so lustig?"

Sie schüttelte den Kopf. „Nein, ich kann's dir nicht sagen. Es ist peinlich."

Er nahm die Hand von ihrem Schritt, nahm ihr Gesicht in beide Hände. „Nichts sollte je peinlich zwischen uns sein. Nie."

Die Sicherheit in seinem Ton, gepaart mit dieser Dominanz, die Drachenwandler in ihre Stimme legten – sie hatte davon in dem Buch gelesen –, ließ sie ihm glauben. „Ich bin eh eine sichere Sache, also musst du mir keinen Honig um den nicht vorhandenen Bart schmieren."

Seine Augen blitzten wieder, und sein tiefes Knurren ließ sie schaudern – auf die gute Art. „Ich schmiere dir keinen Honig um den Bart. Es ist die Wahrheit. Halt nie was vor mir zurück, Victoria. Nie."

Sie hörte eine Sekunde auf zu atmen angesichts der Intensität seiner Worte.

Er meinte es ernst.

Und jetzt fing Victoria an zu denken, dass Drachenwandler-Männer zu gut waren, um wahr zu sein.

Ohne nachzudenken antwortete sie: „Tori. Meine Freunde und Familie nennen mich Tori."

„Tori", murmelte er. „Ja, ich denke, das passt besser zu dir."

Sie hob die Brauen. „Wie kannst du das sagen? Du kennst mich doch gar nicht."

Er schmunzelte. „Ich weiß, dass du gerne strippst und dich nicht zurückhältst, wenn ich meine Hand zwischen deinen Beinen habe. Du hast dich ohne nachzudenken gegen meine Hand gedrückt, wie es sein sollte." Er strich mit den Daumen über ihre Wangen. „Das ist was, das eine Tori tun würde, nicht eine Victoria."

Zögernd streckte sie eine Hand nach seiner Brust aus und fühlte die straffen Muskeln unter ihren Fingern. Sie sammelte ihren Mut und fragte: „Und was würde ein José in dieser Situation anfangen?"

Seine Pupillen wurden für ein paar Augenblicke zu Schlitzen, bevor sie wieder normal wurden. „Wie wäre es, wenn ich es dir zeigte?"

Ihr Herz donnerte in ihrer Brust. Wenn sie wetten müsste, würde sie sagen, er wollte sie nackt, um schmutzige Dinge mit ihr anzustellen.

Aber konnte sie das? Einem Mann, den sie

gerade erst kennengelernt hatte, freien Zugang zu ihrem Körper gewähren, einfach so?

Während er ihre Wangen weiter streichelte, dachte sie, ja, ja, das konnte sie. Sie nickte. „Okay."

Ohne ein Wort hob er sie hoch, als wöge sie nichts. Sie quietschte. „Was machst du?"

Seine Augen wurden raubtierhaft. „Dir zeigen, was José tun würde."

Vielleicht sollte sie protestieren, aber sie schlang nur die Hände um seinen Nacken und starrte in seine Augen. Die Art, wie sie blitzten, faszinierte sie. „Bleiben deine Augen manchmal länger geschlitzt?"

Er grunzte. „Manchmal."

So, wie er sich unter ihrem Körper anspannte, spürte sie, dass er etwas verbarg.

Aber bevor sie ihre Gedanken äußern konnte, blieb José vor der Couch stehen und ließ sie langsam herunter, sodass ihr Körper jeden Zentimeter seines Torsos entlang glitt, bis seine Erektion gegen ihren Bauch drückte.

Keiner von ihnen bewegte sich, und sie starrten einander in die Augen, während Hitze und Verlangen durch Victorias Körper schossen.

Und seiner Härte nach zu urteilen, auch durch Josés.

Schließlich trat er ein paar Zentimeter zurück, und seine Hände gingen zum Knopf ihrer Jeans. Er hielt kurz inne, zweifellos, um ihr Zeit zu geben, ihn aufzuhalten, aber sie griff seinen Oberarm und drückte ermutigend. Das war alles, was er brauchte, und er hatte ihre Jeans schneller ausgezogen, als sie für möglich gehalten hatte, vor allem, da er auch ihre Schuhe ausziehen musste.

Victoria stand nur in BH und Höschen vor dem sexysten Mann, den sie je gesehen hatte. Einem Drachenmann, der sie ansah, als wäre sie das saftigste, prallste Steak, bereit, von ihm mit Genuss verschlungen zu werden.

Als seine Finger zum Bund ihres Höschens gingen, streifte eine Kralle ihre Haut. Sie holte scharf Luft, und er knurrte. „Eines Tages werde ich dir das vom Körper reißen. Aber für den Moment lassen wir sie ganz, bis deine Klamotten ankommen."

Sie wollte schreien, dass er es zerreißen soll, aber er zog es quälend langsam hinunter, die Reibung des Stoffs an ihrer Haut ließ ihre Körpertemperatur explodieren.

Was machte er nur mit ihr?

Sie wollte selbst ihren BH ausziehen, aber er hielt ihre Hand auf. „Noch nicht. Ich will nicht das Risiko einer Ablenkung."

„Ablenkung? Wovon?"

Er setzte sie auf die Couch und spreizte ihre Oberschenkel. Als er zwischen ihre Beine starrte, brannten ihre Wangen, als sie seine Antwort verstand.

Dann leckte José sich die Lippen, und ihre Scham pochte, sehnte sich nach dem Druck seiner Zunge.

Er stöhnte: „Ich kann riechen, wie süß du bist. Ich denke, es wird Zeit, dich zu kosten."

Als er vor ihr niederkniete, grub Victoria ihre Nägel in die Polster der Couch.

Es sah aus, als würde ihr neues Abenteuer schnell zu einer der Fantasien werden, die sie über die Jahre erschaffen hatte.

Sie hoffte nur, dass er ihr gerecht wurde. Denn wenn jemand das konnte, dann war es der Drachenmann, der vor ihr kniete, das spürte sie.

Kapitel Vier

Seine Frau nicht sofort hinzulegen und sie mit seiner Zunge kommen zu lassen, war eine der schwersten Versuchungen, denen José seit Langem widerstanden hatte.

Aber sie hatte unsicher gewirkt, nach dem verdammt geilen Strip, den sie hingelegt hatte – auch wenn es nur Jacke und Shirt gewesen waren – und ihm hatte nicht gefallen, wie plötzlich ihr Selbstvertrauen in den Sturzflug gegangen war.

Den Rest ihrer Klamotten auszuziehen hatte die meiste Angst weggewaschen, bis zu dem Punkt, wo sein innerer Drache knurrte: *Sag ihr die Wahrheit. Sie sollte wissen, dass sie unsere wahre Gefährtin ist.*

Bald, aber noch nicht.

Nein, er musste dafür sorgen, dass sie so entspannt wie möglich war, bevor er ihr sagte, was passieren könnte, wenn er ihren süßen Mund küsste.

Zum Glück wusste er, was zu tun war, und es

bedeutete, eines der Dinge zu erleben, nach denen er brannte – den Geschmack ihres süßen Honigs.

Also kniete José zwischen ihren Beinen und starrte auf ihre heiße, geschwollene Scham, die schon feucht für ihn glänzte. Ganz zu schweigen davon, dass ihr Duft jetzt stärker war, und, verdammt, sie roch besser als alles, was er je gewittert hatte, was ihm nur das Wasser im Mund zusammenlaufen ließ.

Nachdem er ein paarmal über die seidige Haut ihrer Innenschenkel gestrichen hatte, löste sich die letzte Spur von Anspannung aus ihren Muskeln, was ihm zeigte, dass sie bereit war. Mit einem Knurren beugte er sich vor und pustete einen kühlen Lufthauch ihre Schamlippen entlang.

Victoria holte scharf Luft, ihre Nägel gruben sich noch tiefer in die Polster, und er lächelte. Sie wollte wahrscheinlich seinen Kopf packen und ihn runterziehen, hielt sich aber zurück. Er vermutete, seine Menschenfrau wollte ihn schmutzig, ihren Sex genauso, war aber zu schüchtern, es zuzugeben.

Das fügte der Trophäe, die Victoria Lewis war, nur eine weitere Ebene von Komplexität hinzu.

José senkte endlich den Kopf weiter und leckte langsam und genüsslich über ihren Schlitz und hielt knapp vor dem Nervenbündel an. Sie stöhnte, aber er hörte es kaum, als er erneut leckte, und nochmal, um ihren süßen und salzigen Geschmack in sein Gedächtnis einzubrennen.

Während er ihre Hüften festhielt, begann er, ihre Öffnung mit seiner Zunge zu ficken, tauchte ein, kitzelte, neckte sie, bis sie fast mit ihren Nägeln den Stoff der Couch zerriss. Wenn sie ihn nicht bald berührte, würde er sie dazu bringen.

Auf die süße Scham seiner Frau konzentriert, leckte er langsam weiter, diesmal Richtung Klitoris, aber umkreiste sie nur, ohne sie direkt zu berühren.

Seine Frau bewegte ihre Hüften, versuchte, seine Zunge dorthin zu drängen, wo sie sie wollte.

Und doch wollte er, dass sie es verlangte. Also setzte José seine Folter fort, leckte hinauf und herum, berührte sie nie ganz, auch wenn sein Schwanz bei jedem Schluck ihres süßen Safts schmerzte.

Schließlich legte Victoria eine Hand auf seinen Kopf, ihre Finger gruben sich in sein Haar. *Ja,* schrien Mann und Tier. *Grab deine Nägel hinein und verlange, dass ich dich kommen lasse!*

Als sie es nicht tat, machte er weiter mit dem Knabbern, Lecken und Zungenficken, bis sie endlich seinen Kopf an sich drückte und ihre Nägel über seine Kopfhaut kratzten.

Ja! Eines Tages würde seine Gefährtin ihm genau sagen, was sie brauchte, damit er es ihr geben konnte.

Um sie zu belohnen, schnippte er einmal gegen ihre harte Knospe. Ihr kehliges Stöhnen ließ seinen Schwanz pulsieren und einen Tropfen ausstoßen.

Sie legte die andere Hand auf seinen Kopf und drückte fester. Er folgte dem Signal, saugte ihre harte Klitoris zwischen seine Lippen und liebkoste sie mit der Zunge. Sie drückte ihm ihr Becken entgegen, doch er hielt sie fest, widerstand dem Drang, sie gleichzeitig mit seinen Fingern zu ficken.

Er würde sie beim ersten Mal nur mit seinem Mund zum Schreien bringen.

José ließ von ihrer Klitoris ab und leckte weiter ihre Pussy, bevor er zurückkehrte und die Zunge um ihre straffe Knospe kreisen ließ. Als er zubiss, grub Victoria ihre Nägel in seine Kopfhaut.

Na, sieh mal einer an, seine Frau mochte es ein bisschen hart.

Er tat es nochmal, und sie bäumte sich auf und stöhnte hemmungslos, als sie kam. Er bewegte schnell seine Zunge, um ihre Pussy zu lecken, genoss ihren Geschmack und die langsamen Zuckungen und knurrte, als er ihren Orgasmus schmecken konnte.

Als sie sich endlich erschöpft gegen die Rückenlehne sinken ließ, leckte er ein letztes Mal über ihren Schlitz, bevor er den Kopf hob. Victorias Augen waren halb geschlossen, ihr Gesicht und der gesamte Oberkörper gerötet.

Der Anblick seiner befriedigten Frau weckte nur den Wunsch nach mehr in ihm.

Er küsste einen Pfad ihren Körper hinauf, zwischen ihren Brüsten und schließlich zu ihrem Kiefer. „Und?"

„Ich ... ich weiß nicht, was ich sagen soll."

Er lachte, während er auf ihre Reaktion achtete. „Vielleicht sowas wie: Das war der beste Zungenfick meines Lebens?"

Das Rot in ihrem Gesicht wurde dunkler, und sie biss sich wieder auf die verführerische Unterlippe. Sie würde die noch voller machen, ohne dass er sie je berührte.

Sein Tier flüsterte: *Ich will nicht warten. Sag's ihr. Jetzt.*

Bald. Sie ist fast so weit.

Sie hob eine Hand und berührte sanft seinen Kiefer. Selbst überrascht lehnte er sich in ihre Liebkosung.

Noch nie war eine Frau so zärtlich zu ihm gewesen. Und er wollte mehr. Viel mehr.

Sie sprach schließlich, ihre Stimme etwas heiser. „Du hast bewiesen, dass der Mythos von großartigem Oralsex kein Mythos ist."

Der Gedanke, dass sie nie die Verehrung bekommen hatte, die sie verdiente, machte ihn wütend. Er wollte etwas schlagen.

Aber er wollte ihre Ex-Liebhaber nicht hier zur Sprache bringen. Sie waren Bastarde, und zwar alle. Von jetzt an hatte sie ihn, und nur ihn. Und bald würden diese Erinnerungen für immer verblassen.

Er verschränkte ihre Finger mit seinen und beugte sich vor. „Mit einem Drachenwandler war das erst der Anfang. Wir nehmen das Vergnügen unserer Frauen ernst. Wenn ich dich nicht zum Kommen bringe, sollte ich auch nicht kommen."

Sie neigte den Kopf und ließ ihr dunkles Haar über eine Schulter fallen.

Selbst halb nackt und nach Sex duftend, wollte

er sich vorbeugen und seine Wange an ihrem weichen Haar reiben.

Verdammt, diesen romantischen Mist dachte er jetzt ständig.

Kopfschüttelnd antwortete Victoria: „Ich bin mir nicht sicher, ob ich das glaube. Das klingt wie aus einem Buch."

Sie sprach immer wieder von Büchern, seine Menschenfrau. Aber nach ihren letzten Worten wurde er neugierig, was sie eigentlich las.

Er streichelte ihre Beine und bemerkte amüsiert, wie sie sie unbewusst weiter öffnete, was seinen Schwanz zu Granit werden ließ.

Sein Drache brüllte: *Wie kannst du ihr widerstehen? Sie ist da, unsere wahre Gefährtin. Sag's ihr endlich und küss' sie.*

Seinen Drachen ignorierend – auch wenn es immer schwerer wurde und eine Grenze, die er vorsichtig balancieren musste – konzentrierte er sich auf seine Frau. Er antwortete: „Oh, du wirst bald lernen, dass ich die Wahrheit sage, meine süße Tori." Er bewegte sich auf sie zu, bis sein Gesicht nur Zentimeter von ihrem entfernt war. „Denn ich werde dich nie wieder loslassen."

Sie zuckte mit einer Schulter. „Ich weiß, ich wiederhole mich, du hast mich sicher, also kein Grund, mir Honig um den Bart zu schmieren."

Er knurrte. „Ich schmiere dir keinen Honig um den Bart. Du gehörst mir, Victoria Lewis. Für immer."

Ob seine Menschenfrau bereit war dafür oder nicht, es war Zeit, ihr die Wahrheit darüber zu sagen, was passieren würde, sobald er ihre süßen Lippen küsste.

Selbst Victorias vom Orgasmus benebelter Verstand registrierte die Endgültigkeit in seinem Ton. „Was meinst du mit für immer?"

Er schloss seine Finger fester um ihre und murmelte: „Du bist meine wahre Gefährtin, Tori. Weißt du, was das bedeutet?"

Ihr erster Impuls war, ihr Buch zu konsultieren. Aber selbst ohne wusste sie die Basics – jeder Drachenwandler hatte eine vom Schicksal bestimmte, wahre Gefährtin. Diese Frau war ihre beste Chance auf Glück.

Doch an den Rest der Details erinnerte sie sich nicht. Zum Glück war sie vom Orgasmus noch wie Pudding, sonst wär sie wahrscheinlich ein bisschen ausgeflippt. „Ich bin deine wahre Gefährtin? Wie ist das möglich? Ich bin ein Mensch."

Er lächelte. „Das spielt keine Rolle. Drachen-wandler paaren sich mit Menschen, sogar die Autorin des Buchs, das du so liebst."

Stimmt. Die Autorin, Melanie Hall-MacLeod, eine Menschenfrau, hatte einen bekanntermaßen sexy, knurrigen Drachenmann geheiratet.

Trotzdem, als sie die Wahrheit begriff, versuchte

sie, sich auf ihre alte, verlässliche Freundin zu fokussieren – Fakten. „Woher weißt du, dass ich es bin? Du hast mich erst vor ein paar Stunden getroffen. Ich kauf dir die ‚ein Blick und das war's'-Theorie nicht so richtig ab."

„Ein innerer Drache spürt seine wahre Gefährtin. Und während es Drachen geben mag, die lügen, wenn sie verwöhnt und egoistisch sind, würde meiner das nie tun." Er versuchte, sein Gesicht etwas zu entspannen, nahm ihre Hände in seine und fuhr fort: „Außerdem, schau, wie weit wir schon gekommen sind. Es ist, als würde dein Körper verstehen, dass du mir gehörst."

Seine Worte erinnerten sie daran, dass sie von der Hüfte abwärts nackt war und der riesige Drachenmann sie vor ein paar Minuten zwischen den Schenkeln geleckt hatte, als könnte er nie genug von ihr bekommen.

Sie wollte nicht erröten – das Gerede von wahren Gefährtinnen war eine ernste Angelegenheit – und platzte heraus: „Das hilft absolut nicht. Du bist verdammt sexy, natürlich benehme ich mich da wie eine Dirne, wenn du zwischen meinen Beinen bist." Sie richtete sich etwas auf, hoffte, José würde sich aus seiner Position zwischen ihren Beinen erheben, aber er rührte sich nicht.

Während sie seinen Blick und die blitzenden Pupillen absuchte, fragte sie sich, ob es stimmen konnte. Dass irgendwie der innere Drache dieses

Mannes einen Blick auf sie geworfen und gesagt hatte: „*Meine.*"

Die Seite von ihr, die in Tagträumen und Fantasien schwelgte, wollte die Vorstellung akzeptieren und den Mann küssen, um ihr neues Leben zu beginnen. Doch ihre rationalere Seite siegte vorerst, und sie sagte: „Wenn du das ernst meinst, muss ich mehr wissen. Was bedeutet es genau, eine wahre Gefährtin zu sein, denn ich weiß es nicht. Außerdem – habe ich überhaupt eine Wahl? Oder wird das ADDA mich einfach zwingen, bei den Drachen zu bleiben, um den Frieden zu wahren?"

Während sie an Drachen interessiert war, ganz zu schweigen davon, dass José auch sexy und irgendwie charmant war, fragte sie sich, ob das reichte, um alle Vorsicht über Bord zu werfen und sich in eine unbekannte Zukunft zu stürzen? Eine, in der sie vielleicht nie wieder etwas selbst entscheiden konnte?

Sie versuchte, ihre Hände wegzuziehen, aber er ließ nicht los. José brach den Blickkontakt nicht, als er sagte: „Keine Angst. Es ist keine Zukunft als Sexsklavin in einem Verlies, Tori. Lass es mich erst erklären, dann kannst du entscheiden, okay?" Sie nickte, und er grunzte. „Gut, dann versuchen wir das, während ich erkläre."

Er setzte sich auf die Couch und zog sie auf seinen Schoß, seine heiße Brust an ihrem Arm. Die Wärme brachte sie dazu, ihre Haltung etwas zu entspannen.

Obwohl seine Arme sie umschlangen und sie auf seinem Schoß festhielten, fühlte sie sich weniger verletzlich und konnte klarer denken.

„Besser?", fragte er.

„Ein bisschen."

Seine Pupillen blitzten wieder, wurden aber schnell rund und blieben so, was ihr Herz ein bisschen beruhigte.

Nicht, dass sie nicht an seinem Drachen interessiert war, aber jetzt brauchte sie die menschliche Hälfte, um alles zu erklären.

Nachdem er ihre Taille beruhigend gedrückt hatte, fuhr José fort: „Wie gesagt, mein innerer Drache erkennt dich als meine wahre Gefährtin, was bedeutet, es ist die Wahrheit. Ich habe zuerst nichts gesagt, weil ich dir zeigen wollte, wie gut es zwischen uns sein kann, auch ohne das Wissen um das Schicksal."

Sie schüttelte den Kopf. „Ein Orgasmus bedeutet keine sichere Zukunft."

„Nein. Aber sag mir eines – hat es sich je so schnell so leicht, so richtig mit einem anderen Mann angefühlt?"

Sie hätte lügen können, aber sie war eh keine überzeugende Lügnerin. „Nein."

„Eben. Weil du immer für mich bestimmt warst. Und nein, nicht als Eigentum, sondern als meine Partnerin in allem. Eine mit genauso viel freiem Willen wie jeder Drachenwandler unter dem ADDA. Obwohl ich dich nicht zwingen kann, immer bei mir zu bleiben. Es wird deine Wahl sein."

Wenn sie blieb, bedeutete das, dass das ADDA ihr viele neue Einschränkungen auferlegen würde. Einschränkungen, die sie weitgehend von Freunden und Familie fernhalten würden.

Bevor ihr Kopf von allen möglichen Veränderungen surrte, legte José eine Hand auf ihren unteren Rücken und streichelte sie in langsamen Kreisen. Je länger er das tat, desto weniger nervös fühlte sie sich.

Ernsthaft, Drachenwandler mussten irgendwelche Verführungskräfte haben oder so.

Sie schüttelte sich innerlich und konzentrierte sich auf die potenziell lebensverändernde Situation. „Sagen wir, ich glaube deiner Behauptung, deine wahre Gefährtin zu sein. Was passiert als Nächstes, Schritt für Schritt? Und bevor du mich aufziehst, dass ich nicht alles in diesem Abschnitt des Buchs auswendig gelernt habe – ich dachte nicht, dass ich bald mit Drachenwandlern abhängen würde."

Er strich eine Haarsträhne aus ihrem Gesicht. „Warum nicht? Selbst in einem Raum mit tausend Frauen, einer Million, hätte ich dich gefunden."

Seine Worte ließen sie etwas entspannen. Vielleicht waren sie Blödsinn, aber ihr Bauchgefühl sagte, dass dem nicht so war.

Drachenwandler nahmen die Sache mit den wahren Gefährtinnen ernst.

„Okay, du hast mich gefunden und mir versichert, dass ich keine Sexsklavin sein werde. Und wenn ich bleibe, muss ich eine Menge für mich neuer ADDA-Regeln befolgen. Aber was noch? Ich spüre, da ist noch was, das du nicht erklärt hast, was Wichtiges."

Seine Pupillen blitzten zu Schlitzen und zurück – was sagte sein Drache zu ihm? –, bevor José endlich antwortete: „Die Kurzfassung ist: Wenn ich dich auf den Mund küsse, löst das einen Gefährtenrausch aus, und wir werden Sex haben, bis du schwanger bist."

Sie bemühte sich, nicht zu blinzeln. Das war's? „Das war die ganze Zeit sowieso das Ziel. Also, was muss ich sonst noch wissen?"

Zum ersten Mal, seit sie ihn kennengelernt hatte, zögerte José einen Moment. Aber dann sagte er schnell: „Nachdem ich dich geküsst habe, wird mein innerer Drache irgendwann rauskommen. Nicht in seiner Drachengestalt, sondern er übernimmt meinen Geist und kontrolliert meinen menschlichen Körper. Drachen sind animalischer, besitzergreifender und handeln nach Instinkt. Er könnte grob sein. Nein, verdammt, ich weiß, dass er es sein wird. Und das macht vielen Menschen Angst."

Die Tatsache, dass dieser große, einschüchternde Drachenmann sich Sorgen machte, sie könnte vor seiner geilen Drachenhälfte weglaufen, tat etwas mit ihrem Inneren. Selbst wissend, dass es sie erschrecken könnte, hielt er es nicht zurück.

Und zum ersten Mal fragte sie sich, ob sie sich

eine Zukunft mit ihm vorstellen konnte. Oh, sie kannte José noch nicht gut, abgesehen davon, dass er wusste, wie er sie zum Orgasmus bringen konnte; aber sie hatte Geschichten gehört, wie selten es für einen Drachen war, seine wahre Gefährtin zu finden, eine Art Segen, und es könnte das Beste sein, was einem passierte.

Keine Garantie, aber bessere Chancen als mit irgendwem sonst.

Sie hob schließlich eine Hand, um seine Wange zu berühren, genoss das Gefühl der Bartstoppeln unter ihren Fingern, musste ihn jetzt berühren. „Dann lass mich mit deinem inneren Drachen reden. Wenn ich es jetzt tue, bevor wir uns küssen, habe ich keine Angst, wenn er im Rausch rauskommt."

Ja, es sah aus, als hätte sie sich schon mit dem Gedanken an den Rausch angefreundet.

Seine Pupillen blitzten, bevor er sagte: „Wenn ich ihn jetzt rauslasse und er dich küsst, könnte er der Erste sein, der dich beansprucht, nicht ich. Ist das etwas, womit du umgehen könntest?"

Sie suchte seinen Blick. „Also, ein Fremder würde mich einfach niederdrücken und seinen Willen durchsetzen?"

Er schüttelte den Kopf. „Mein Drache ist ein Teil von mir, kein Fremder. Selbst wenn diese Hälfte von mir nicht die Kontrolle hat, machen beide Hälften den Mann namens José aus."

Sie versuchte, das zu begreifen. „Das klingt einfach ... seltsam."

Er schnaubte. „Für einen Menschen ist das nicht leicht zu verstehen." Sein Blick wurde heiß. „Aber wenn du mir erlaubst, dich zu küssen, bekommst du einen Crashkurs, wie das alles funktioniert."

Während seine Finger die Haut an ihrer Taille streichelten, entspannte sie sich etwas mehr.

Sie konnte sich entweder jetzt von José küssen lassen und dann seinem Drachen begegnen, wenn es so weit war, unsicher, was sie erwartete. Oder sie konnte sein Tier jetzt rauslassen, um zu sehen, was passiert, wenn die andere Hälfte die Kontrolle hatte, und dann vielleicht vom drachenbesessenen Mann geküsst werden, der rein instinktiv handelte.

Wäre das so schlimm, so oder so? Das Buch über Drachenwandler war liebevoll Melanies Drachenmann und ihren Kindern gewidmet. Und die anderen britischen Drachenpaare, die sie in Videos gesehen hatte, waren einander auch in Liebe ergeben.

Vielleicht, wenn sie sich einfach hineinstürzte, würde sie direkt in der Fantasie landen, die sie sich immer gewünscht hatte.

Natürlich konnte sie auch zu tief stürzen und die Konsequenzen tragen müssen.

Aber während Josés Augen weiter blitzten und seine Finger ihre Haut streichelten, traf Victoria ihre Entscheidung – es war Zeit zu springen. „Ich habe noch eine letzte Frage, bevor ich antworte."

„Und die wär?"

„Wird dein Drache während des Rauschs immer die Kontrolle haben, oder kommst du auch raus?"

Ein entschlossener Glanz flammte in seinen Augen auf. „Oh, ich werde rauskommen. Selbst wenn ich verdammt nochmal gegen meinen Drachen in meinem Kopf kämpfen und ihn in ein geistiges Gefängnis werfen muss – das ist eine temporäre Methode, ihn in meinem Kopf festzuhalten –, ich werde es tun. Ich soll verdammt sein, wenn er der Einzige ist, der deinen herrlichen Körper genießen wird."

Ein geistiges Gefängnis, um sein Tier zu bändigen? Victoria hatte so viel zu lernen.

Aber sie verdrängte diesen Gedanken. Wenn alles gut ginge, würde sie später genug Zeit haben, all ihre Fragen zu stellen. Jetzt war es Zeit, nicht mehr zu zögern. Das war, wofür sie sich gemeldet hatte. Und auch wenn sie mehr bekam, als sie erwartet hatte, würde sie nicht weglaufen.

Sie wollte ein Abenteuer, und es sah aus, als würde sie ein größeres bekommen, als sie erwartet hatte.

Victoria manövrierte sich rittlings auf seinen Schoß und schlang ihre Hände um seinen Nacken. „Lass deinen Drachen raus. Ich will ihn jetzt treffen, anstatt später überrascht zu werden."

Sie erwartete, dass José begeistert wäre, aber er brummte: „Das heißt, der Bastard bekommt dich zuerst."

Sie neigte den Kopf. „Aber ich dachte, ihr seid ein und derselbe Mann?"

„Das sind wir. Aber wir liegen auch in einer Art permanentem Wettbewerb miteinander. Und ich verliere nicht gern."

Sie lächelte. „Das macht die Sache interessanter. Ein Wettkampf zwischen euch beiden?"

Er grunzte. „Ermutige ihn nicht."

Lachend rückte sie noch näher, bis ihre BH-bedeckten Brustwarzen seine harte Brust berührten. „Lass ihn raus, damit wir anfangen können."

Er streichelte sanft ihren Rücken. „Meine mutige Menschenfrau."

Ein paar Sekunden lang starrten sie einander in die Augen, und Victoria hörte auf zu atmen. Josés Pupillen blitzten ständig, aber der Blick voller Hunger und Verlangen verschwand nie.

Irgendwie wollte dieser Drachenmann sie, und nur sie. Dringend.

Es kostete sie eine Menge Selbstbeherrschung, nicht seinen in Jeans gehüllten Schwanz zu reiten. Dieser Drachenmann wurde schnell zu einer Sucht.

Seine Stimme brach endlich den Bann. „Keine Sorge, ich bin so schnell wie möglich zurück, sobald ich die Kontrolle wieder an mich reiße, Tori", sagte er sanft, bevor seine Pupillen sich zu Schlitzen verengten und so blieben.

Und sie wartete mit angehaltenem Atem ab, was passieren würde.

Kapitel Fünf

José hatte Victoria als Erster beanspruchen wollen. Aber als sie ihn gebeten hatte, seinen Drachen rauszulassen und die Begegnung hinter sich zu bringen, konnte er es ihr nicht verweigern.

Es war schließlich ein cleverer Plan. Sich erst mit dem Drachen auseinandersetzen, dann würde es keine Überraschungen geben.

Doch als er seinen Drachen in den Vordergrund seines Geistes ließ, grollte er immer noch und murmelte seinem Drachen zu: *Benimm dich.*

Sie wollte mich, also kriegt sie mich. Für eine Weile.

Verdammter Drache. José hoffte, dass sein Tier ihn nur provozieren wollte und nicht die Wahrheit sprach. Denn wenn ja, würde er bald einen mentalen Kampf vor sich haben.

Sein Drache strich mit der Hand durch Victorias

Haar und knurrte: „Meine Menschenfrau ist hübsch, feucht und wartet auf mich. Ich will dich, dich küssen, dich ficken, dich beanspruchen." Er beugte sich vor. „Jetzt."

Victoria suchte seinen Blick, und ein Mundwinkel zuckte hoch. „Also du hast keinen Filter, oder?"

Die Tatsache, dass seine Menschenfrau amüsiert reagierte, ließ José ein wenig entspannen. Sein Drache runzelte die Stirn. „Nein, das ist eine menschliche Eigenschaft. Ich will dich jetzt. Warum das verbergen?" Er zog ihren Kopf näher, bis ihre Lippen nur einen Hauch voneinander entfernt waren. „Sag ja."

„Ja", hauchte sie.

Seine Lippen senkten sich auf Victorias, und in dem Moment, als sie einander berührten, schossen pure Lust und Verlangen durch Josés Körper. Das war ihre Gefährtin, ihre Frau, und sie mussten sie beanspruchen.

Nicht einmal, sondern immer wieder, bis sie ihren Duft und ihren Nachwuchs trug.

Sein Drache knurrte und verschlang Victorias Mund, leckte, saugte und knabberte. Und seine Menschenfrau ließ es zunächst geschehen, bis sie schließlich begann, den Kuss zu erwidern.

Verdammt, ihr Geschmack! Nachdem er ihre Pussy und ihren Mund gekostet hatte, glaubte José nicht, je nochmal etwas so Süßes finden zu können.

Sein Drache bewegte eine Hand zwischen ihre

Schenkel und streichelte ihre Klitoris. Victoria erschrak und brach den Kuss ab. Sein Drache stöhnte: „Du bist feucht und bereit für mich. Ich will dich jetzt ficken und beanspruchen."

Gott sei Dank hatte José sie schon kommen lassen. Er hatte die Wahrheit gesagt – Drachenwandler-Männer sorgten immer dafür, dass ihre Gefährtin zuerst kam. Die einzige Ausnahme? Manchmal war die Drachenhälfte im Gefährtenrausch zu abgelenkt vom Beanspruchen, um daran zu denken.

Selbst dann würde sie kurz nach seinem Orgasmus kommen. Eine Sache, die er zu erwähnen vergessen hatte, war, dass sein Samen sie in den wildesten, intensivsten Orgasmus ihres Lebens katapultieren würde.

Sein Drache hob Victoria hoch und drehte sie so, dass sie von ihnen abgewandt war, über die Rückenlehne der Couch gebeugt, ihr perfekter Po in der Luft.

José wollte sich Zeit lassen, ihre weiche Haut liebkosen, bis sie ihren Rücken bog und ihn nach seinem Schwanz anbettelte.

Aber sein Drache dachte an nichts außer daran, in ihr zu sein. Nachdem er ihre Beine auseinandergedrückt hatte, befahl sein Tier: „Bieg deinen Rücken für mich durch! Jetzt!"

Und sie tat es ohne Zögern, was Josés Verlangen nur noch mehr anheizte.

Fuck, er war versucht, die Kontrolle von seinem Drachen zurückzunehmen.

Aber dann erinnerte er sich, dass es das war, was seine wahre Gefährtin wollte, also ließ er sie es haben.

Sein Drache positionierte ihren Schwanz an ihrem Eingang und knurrte: „Meine. Du wirst immer meine sein, immer meine."

Er stieß hinein, und Victoria schrie auf – vor Lust, nicht vor Schmerz.

Sie war so eng, so feucht, so verdammt perfekt.

Sein Drache verschwendete keine Zeit, bewegte seine Hüften, immer schneller, ließ die Couch von der Kraft seiner Stöße erzittern.

Das war ihre Frau. Sein Tier musste sie markieren, sie ausfüllen und so oft wie möglich beanspruchen.

Sein Drache wurde grober, machte nicht Liebe, sondern fickte ihre Gefährtin, bewegte seine Hüften, ließ sie ihn tiefer spüren, als sie je für möglich gehalten hatte.

Die menschliche Hälfte von ihm sorgte sich, dass es zu viel war, dass seine Drachenhälfte zu grob war. Aber dann griff Victoria hinter sich, ihre Nägel gruben sich in seine Handgelenke, und sie stöhnte: „Härter."

Sein Tier brüllte, hielt ihre Hüften und gehorchte. Das Geräusch von Haut, die auf Fleisch klatschte, erfüllte den Raum, während jede Bewegung ihn dem Kommen näher brachte.

Dann ließ sein Drache los, erstarrte und ergoss

sich in ihr. Einen Moment später folgte Victoria, ihre Pussy melkte gierig seinen Samen.

Die Lust war so intensiv, dass José fast vergaß, wo er war, und härter kam als je zuvor, alle Gedanken und möglicherweise sein verdammter Verstand verloren.

Nichts kam an das Gefühl heran, in seiner Gefährtin zu sein, wenn es passierte. Nichts.

Sie war jetzt sein, und weder Mann noch Tier würden sie je loslassen. Niemals.

Victoria war dankbar für die Couch unter ihrem Bauch, denn wenn sie gestanden hätte, wäre sie zusammengebrochen.

José hatte recht gehabt – sein Drache war mehr Tier als Mensch. Aber während er in sie hinein hämmerte, brach etwas in ihr frei, als hätte sie ihr ganzes Leben auf genau diesen Typ Mann gewartet.

Die alte Victoria hätte nie ihre Nägel in die Handgelenke eines Mannes gegraben und ihn blutig gekratzt, während sie verlangte, dass er sie härter nahm.

Und doch hatte sie es ohne Nachdenken getan.

Zurück zu einem zögerlichen Mann, der herumfummelte und sie nie zum Kommen brachte?

Niemals.

Josés Stimme – nicht so tief wie gerade eben, was die Frage aufwarf, ob sich sein Drache zurückgezogen hatte – fragte: „Bereit für mehr?" Starke Hände hoben sie gegen seinen Körper, und er rieb seine Wange an ihrer. „Sag mir, was du willst, und du bekommst es, Tori."

„Ist jetzt José-Mensch dran und nicht José-Drache?"

Er lachte leise. „Ja, es ist die menschliche Hälfte. Du warst gerade so wild und verdorben mit meinem Drachen, dass er beschlossen hat zu teilen."

Wild und verdorben waren noch nie Worte gewesen, mit denen jemand Victoria beschrieben hätte.

Und doch, als sie sich gegen den großen, starken Mann an ihrem Rücken lehnte, wollte sie genau das sein. „Hmm, also kann ich bald euch beide vergleichen?"

Er wirbelte sie herum und drückte sie gegen seine Brust, nahm ihr Kinn zwischen Daumen und Zeigefinger. „Mach das nicht zu einem Wettkampf, es sei denn, du bist bereit für die Konsequenzen."

Sie hob die Brauen, jede Vorsicht längst über Bord geworfen. „Vielleicht bin ich das?"

Mit einem Knurren nahm er ihre Lippen, knabberte, leckte und drang schließlich zwischen sie, um ihren Mund zu verschlingen. Victoria packte seine Schultern, scheute sich nicht, ihre Nägel einzugraben, und erwiderte den Kuss, ließ ihre Zunge mit seiner tanzen, drückte sogar ihr Becken gegen seinen schon wieder harten Schwanz.

Er knurrte wieder in ihren Mund; die Vibrationen schossen durch ihren Körper und endeten zwischen ihren Schenkeln. Obwohl sie ihn gerade gehabt hatte – ganz zu schweigen von zwei Orgasmen –, sehnte sie sich nach mehr. Sehnte sich danach, ihn in sich zu haben, zu spüren, wie er sie auf die Art beanspruchte, wie nur er es konnte.

Eine seiner Hände glitt langsam ihre Seite runter, zu ihrem Oberschenkel, bevor er ihr Bein hob und es an seiner Hüfte einhakte. Er hielt es dort, während er seine Hüften vorstieß, bis sein Schwanz ihre Klitoris traf und sie aufschreien ließ.

Er brach den Kuss ab und knurrte: „Zeit für die andere Hälfte von mir, dich zu beanspruchen, Tori. Und wenn ich fertig bin, wirst du kaum noch stehen können."

Bevor sie ihn necken konnte, hob er ihren Po und zog sie seinen Körper hinauf, bis ihre Beine um seine Taille geschlungen waren. Er lenkte sie mit mehr Küssen ab und verschlang ihren Mund, als wäre sie die köstlichste Speise der Welt.

Abgelenkt von seiner Zunge und seinen Zähnen registrierte sie kaum, wie ihr Rücken gegen die Wand stieß. Er zog sich einen Moment zurück, nur um wieder in sie hineinzurammen und sie mit seinem Schwanz auszufüllen. Sie stöhnte hemmungslos.

Er knabberte an ihrem Kiefer. „So ist's gut, meine Menschenfrau, spür mich in dir." Er zog sich zurück und stieß wieder zu. „Du wirst gleich lernen, wie ein

Drachenmann seine Frau beansprucht, seine Gefährtin, seine Zukunft."

Während sie ihre Fersen in seinen Rücken grub, flüsterte sie: „Dann hör auf zu quatschen."

Seine Augen blitzten, aber er nahm wieder ihre Lippen, liebkoste, leckte, knabberte, während er weiter in ihre Hitze stieß. Sie störte sich nicht einmal an der Wand an ihrem Rücken, liebte, wie er ihre Hüften festhielt, während er sich bewegte, sie bei jeder Bewegung leicht neu positionierte, um tiefer in ihre Pussy zu stoßen.

Verdammt, sie würde danach sicher komisch laufen. Aber Victoria war das egal. Er beanspruchte sie, brandmarkte sie, ließ sie wissen, dass er sie wollte.

Und sie liebte jeden Moment.

Da sie nicht nur die Empfängerin sein wollte, kratzte sie ihre Nägel über seinen Rücken. Er knurrte: „Mehr. Markier' mich. Ich will es morgen spüren."

Seine Worte ließen etwas in ihr zerreißen. Sie grub ihre Fingernägel härter in seine Haut, saugte seine Unterlippe zwischen die Zähne und biss zu. Hart.

Er revanchierte sich, indem er eine Hand zwischen sie schob und ihre Klitoris schnippte.

Victoria holte scharf Luft, so empfindlich von ihren früheren Orgasmen, dass sie fast sofort kam. José tat es nochmal, und sie beschloss, es ihm heimzuzahlen, indem sie ihre inneren Muskeln anspannte.

Er stöhnte. „Du machst mich verdammt verrückt, Tori. Hör nicht auf."

Sie tat es nicht, liebte, wie viel näher sie sich ihm so fühlte, ihn haltend, während er weiter tief in sie hineinstieß.

Seine Finger kniffen und rieben dann ihre Klitoris. Binnen Sekunden stöhnte sie: „Ich komme gleich."

„Dann komm, Liebes. Ich bin hier, um dich zu halten, wenn es passiert."

Sie ließ los, genoss die blendende Lust, registrierte kaum, wie José ihre Schreie mit seinem Mund schluckte.

Die Aufmerksamkeit seiner Zunge und seines Schwanzes hielten sie länger, als sie es für möglich gehalten hatte auf dieser Ebene der Lust, so nah am Schmerz.

Und dann erstarrte er, schrie in ihren Mund, und sie konnte spüren, wie er kam, als ein weiterer Orgasmus über sie hereinbrach.

Ihr ganzer Körper zuckte, die Lust fast zu viel, um sie zu ertragen, und sie schrie auf.

Gerade, als sie dachte, sie würde zerbrechen, flutete Wonne ihren Körper, und sie kam langsam vom Höhepunkt herunter.

José küsste sie zärtlich auf die Lippen, nahm sich Zeit, sie zu genießen, als wäre es das erste und einzige Mal, dass er sie haben konnte.

Als er sich schließlich löste, bewegte er seinen Mund zu ihrem Ohr und fragte: „Bereit für das nächste Mal? Mein Drache will wieder."

Obwohl sie wund sein würde und schon von all den Orgasmen überwältigt war, wusste sie, dass das für ihn wichtig war, für den Mann und den Drachen.

Und außerdem hatte Victoria Angst, dass, wenn sie Nein sagte, sie aus ihrem wunderbaren Traum aufwachen und wieder in die Realität gestoßen werden könnte.

Also hielt sie ihn fester und flüsterte: „Kann er das toppen?"

Josés Stimme wurde ein wenig tiefer, der Tonfall, den sie als sein inneres Tier erkannte. „Diesmal halte ich mich nicht zurück. Du bist mein, Menschenfrau. Mein!"

Und er bewies irgendwie, dass er recht hatte, das erste von vielen, vielen Malen diese Nacht und die kommenden Tage hindurch, in denen beide Seiten ihres Drachenmannes versuchten, den anderen jedes Mal zu übertreffen.

Kapitel Sechs

Fast zwei Wochen später wachte José auf, schwaches Sonnenlicht schimmerte durchs Fenster, und er hielt seine Frau vorsichtig an sich gedrückt, aber nicht zu fest. Nicht nur, dass sie Ruhe brauchte, er wollte auch seinen Drachen nicht wecken, der dann mehr Sex wollen würde, um sie zu schwängern.

Nicht, dass José es nicht genoss, seine Gefährtin zu beanspruchen. Aber er freute sich darauf, wenn der Paarungsrausch vorbei war, damit er sie endlich seiner Familie vorstellen konnte.

Denn ja, er wollte, dass seine Familie sie mochte.

Er rieb seine Nase an der Stelle, an der Toris Schulter in ihren Hals überging, atmete tief ein, und der vertraute Duft von Vanille und Frau füllte seine Sinne. Aber dann bemerkte er etwas anderes – sie roch vage nach ihm –, und er erstarrte.

Sein Drache regte sich schläfrig in seinem Kopf. *Ja. Sie trägt endlich unser Junges.*

José nahm sich eine Sekunde, um das zu verarbeiten.

Natürlich wusste er, dass der Rausch dazu diente, seine Gefährtin zu schwängern. Aber in den letzten Tagen war es abstrakt gewesen, wie ein Traum.

Doch als sein Drache den Kopf senkte und in seinem Kopf wieder einschlief, wusste er, es war wahr.

José würde in etwa neun Monaten Vater sein.

Er zog seine Frau etwas näher, schloss die Augen und lächelte.

Als er widerwillig zugestimmt hatte, an der Lotterie teilzunehmen, hatte er gewusst, dass er am Ende ein Kind haben und es allein oder mit Hilfe seiner Eltern großziehen würde. Er hatte nicht erwartet, dass die Menschenfrau ihn wollen würde, geschweige denn ihn verführen.

Aber jetzt, mit der Frau seiner Träume an seiner Seite, stellte er sich vor, mit ihr zusammen zu sein, ihr Kind gemeinsam großzuziehen und eine Zukunft aufzubauen, von der er nie gedacht hatte, dass er sie haben würde.

Und verdammt, er wollte das alles. Sogar die nächtlichen Fütterungen, das Windelwechseln, das kaum genug Energie haben, um zu duschen, bevor man wieder einschlief. Denn er würde das alles mit Victoria an seiner Seite tun. Nicht nur, weil ein Kind mit seiner Menschenfrau der Traum war, von dem er nie gewusst hatte, dass er ihn wollte, sondern weil das Kind Teile von ihr und ihm vereinen würde, ganz zu schweigen von einer sichtbaren Erinnerung daran, dass sie wahre Gefährten waren.

Sein inneres Tier schnurrte: *Vielleicht. Aber du musst sie noch überzeugen, in PineRock zu bleiben.*

José runzelte die Stirn. Das war eine andere Sache, die er vorher nicht wirklich bedacht hatte, als er sich irgendeine gesichtslose Frau vorgestellt hatte, die er ficken musste.

Und plötzlich schwankte sein Selbstvertrauen einen Moment. Wie zum Teufel sollte er sie überzeugen, alles, was sie kannte, aufzugeben, ihre Familie und Freunde zu verlassen und bei den Drachenwandlern in PineRock zu leben? Meistens liebte er seinen Clan, doch er lebte etwas außerhalb. Und Menschen durften auch nicht einfach nach Belieben zu Besuch kommen.

Aber es war auch nicht so, als könnte er bei ihr in der Menschenwelt leben. Alle Drachenwandler mussten in einem Clan irgendwo in den USA leben, damit die Regierung sie im Auge behalten konnte. Auch wenn ihm das nicht immer gefiel, würde er nichts Dummes tun, wie versuchen, sich als Mensch auszugeben, um mit Tori in ihrem Zuhause zu leben.

Ihr Zuhause. Alles, was er wusste, war, dass sie im Norden von Las Vegas lebte, und das nur aus dem Vertrag, aber sonst nichts. Natürlich wussten die Drachenwandler von den Casinos in Las Vegas, aber er konnte sich nicht vorstellen, dass seine Frau, die selbst zur Lotterie ein Buch mitgebracht hatte, die meiste Zeit dort verbrachte.

Um ein guter Gefährte zu sein, musste er herausfinden, was sie mochte und was nicht, und zwar schnell, oder er würde sie nie richtig umwerben und überzeugen können, zu bleiben.

Victoria kuschelte sich an ihn, und als sie noch mehr an seine Seite schmolz, wusste er, dass sie wach war. Trotz der Tatsache, dass er den Überblick verloren hatte, wie oft er seine Gefährtin in den letzten zwei Wochen gehabt hatte, ließ ihre frühmorgendliche Stimme seinen Schwanz in Sekunden von halbhart zu Granit werden, als sie sagte: „Guten Morgen. Spreche ich gerade mit José-José oder mit Mr. Drache?"

Er küsste ihre Wange. „José. Mein Drache schläft."

Sie blickte zu ihm rüber. „Schläft? Seit wann macht er das? Dein Tier lässt mich kaum schlafen."

Er drehte seine Frau sanft, bis sie auf dem Rücken lag. Während er ihre Wange streichelte, beschloss er, direkt zu sein und zu sehen, wie sie reagierte. Vielleicht nicht die romantischste Methode, aber es würde ihm helfen, den nächsten Schritt zu planen. „Er schläft, weil der Gefährtenrausch vorbei ist." Er legte seine Hand auf ihren Bauch. „Du trägst unser Baby."

Sie blinzelte den letzten Schlaf aus den Augen, bevor sie sich weiteten. „Also bin ich schwanger?"

Ein Lächeln zupfte an seinen Lippen. „Entweder das, oder du bist verdammt gut darin, deinen eigenen Duft vor einem Drachenwandler zu verbergen. Was, möchte ich hinzufügen, was Neues wäre."

Sie versetzte ihm einen Klaps gegen seine Brust, und die spielerische Geste entspannte ihn ein bisschen. Wenn sie verspielt sein konnte, war sie nicht im Begriff, auszuflippen.

Victoria antwortete: „Musst du jetzt nicht supernett zu mir sein?"

Er bewegte seine Hand ihren Körper empor, knetete träge ihre Brust und legte dann zärtlich seine Hand an ihre Wange. „Nett wäre langweilig für eine Frau, die mich gern mit ihren Krallen markiert."

Sie hob die Brauen. „Hey, dafür entschuldige ich mich nicht. Du hast drum gebettelt."

Er knabberte an ihrer Unterlippe. „Habe ich. Also hör' nie damit auf."

Er wartete, ob seine Anspielung auf die Zukunft sie nervös machen, zögern lassen oder ein anderes negatives Zeichen provozieren würde.

Doch sie rollte sich nur an ihn und schob ein Bein über seine Hüfte. „Dann, Baby Daddy, will ich weiterschlafen."

José hätte es dabei belassen können, aber das wäre feige gewesen. Also hob er ihren Kopf, bis sie seinem Blick begegnete. „Bist du okay mit allem? Und ja, ich weiß, das war der Grund für unsere Teilnahme in der Lotterie, aber es ist ein großer Unterschied zwischen Worten auf Papier und der Realität."

Sie lächelte langsam. „Das hast du mir gezeigt, nicht wahr?"

Sie meinte die Warnung über Drachenwandler. Sie hatte gesagt, sie müssten „wild, knurrig und köstlich" zur Beschreibung hinzufügen.

„Ich meine es ernst, Tori. Ich muss später das ADDA anrufen, und wenn wir diese Hütte verlassen, setzt die Realität ein."

Sie legte eine Hand auf seine Brust und strich zärtlich mit den Fingern darüber, ohne zu ahnen, dass jedes Streicheln mehr den Wunsch in ihm weckte, sie auf den Rücken zu werfen und sie wieder zu nehmen.

Ernsthaft, er würde nie genug von seiner Frau bekommen.

Sie sprach schließlich wieder. „Solange du mich nicht abservierst, sobald wir auf dem Land von Clan PineRock ankommen, denke ich, dass ich gut mit der Realität umgehen kann."

Er knurrte. „Denk nicht einmal daran, dass ich dich sitzenlassen würde."

Obwohl er mehr sagen wollte – dass er sie für immer als seine Gefährtin wollte und dass nicht mehr viel nötig war, damit er sich in sie verliebte.

Aber selbst José wusste, dass man nicht zu früh zu viel drängen sollte. Das war ein Grund, warum die Gefährtin eines anderen Drachenmanns geflohen war und ihn elend zurückgelassen hatte.

Sie strich über seinen Kiefer, bevor sie sich auf ihren Arm stützte, um ihn kurz zu küssen. „Natürlich lässt du mich nicht sitzen." Sie lächelte ihn an, und der Anblick ließ sein Herz einen Schlag aussetzen. Dann fügte sie hinzu: „Ob wir vielleicht zusammen duschen könnten, bevor du das ADDA anrufst? So sehr ich den Rausch genossen habe, wäre es schön, dich langsam zu erkunden. Mit meiner Zunge."

Seine Schwanz wurde bei diesem Vorschlag noch härter. Er war derjenige, der die Lotterie gewonnen hatte, nicht Victoria.

Er küsste sie langsam und nahm sich Zeit, ihren Mund zu erkunden, und genoss, wie sie immer weiter schmolz. Schließlich löste er sich von ihr. „Wenn meine Frau das wünscht."

Damit zog er sie aus dem Bett und führte sie ins Bad.

Das Ende des Rauschs war noch nicht ganz bei Victoria angekommen, aber sie wollte alle Zeit stehlen, die sie noch mit ihrem Drachenmann in dieser Hütte hatte, weg von allem anderen.

Die Konsequenzen würden bald genug über sie hereinbrechen – besonders der Teil, dass sie schwanger war und mindestens neun Monate bei einem Drachenclan leben musste.

Aber hier und jetzt wollte sie ein wenig Zeit mit

ihrem Mann verbringen, ohne dass der Rausch Sex und noch mehr Sex forderte.

Also ließ sie sich von José ins Bad führen. Sie beobachtete seine breiten Schultern und seinen Rücken, als er das Wasser in der Dusche aufdrehte, die Temperatur einstellte und sich schließlich mit Hitze in den Augen zu ihr umdrehte.

Selbst nach all den Stunden und Stunden voller Sex, die sie gehabt hatten, wollte er sie immer noch.

Und das ließ ihren Bauch Purzelbäume schlagen, auf die gute Art.

Sie hoffte nur, dass das Gefühl anhalten würde, besonders, wenn sie einander besser kennenlernten. Würde der sexy Drachenmann sie außerhalb des Schlafzimmers langweilig finden?

Nein. Sie würde keine Zweifel in den Moment eindringen lassen. Jetzt waren es nur sie und José, nackt und bereit, einander zu erkunden, ohne dass irgendein instinktiver Drang ihre Handlungen lenkte.

José ging auf sie zu und strich mit einer Hand ihre Seite hinunter, seine raue Hand ließ sie erschauern. Er murmelte: „Willst du zuerst erkunden oder soll ich?"

Das tiefe Grollen seiner Stimme gab ihr Selbstvertrauen, und sie zog die Schultern zurück und genoss, wie sein Blick zu ihren Brüsten schoss. Sie antwortete: „Ich zuerst. Schließlich hast du mich gekostet, und ich hatte noch keine Gelegenheit dazu."

Beim Paarungsrausch hatte sich alles um Sex gedreht, aber nichts Orales. Offenbar hatte Josés innerer Drache nur eines gewollt – sie zu schwängern. Und leider konnten Zunge und Finger das nicht.

Nicht, dass sie es dem Tier übelnehmen würde. Sie mochte seine instinktive Seite manchmal ziemlich.

José ergriff ihre Hand und zog sie zur Dusche. „Dann beeil dich. Je schneller du fertig bist, desto eher bin ich dran. Deinen süßen Honig einmal kosten war bei Weitem nicht genug."

Das Versprechen in seinen Worten ließ Feuchtigkeit zwischen ihre Schenkel schießen. Ja, sie glaubte immer noch, er habe irgendwelche Drachenwandler-Pheromone oder magische Fähigkeiten, die ihr Verlangen so viel intensiver machten.

Als das heiße Wasser ihren Körper traf, stöhnte Victoria auf. Sie war nur ein Mensch und darum taten ihr alle Muskeln weh. Sie ließ die Hitze die Schmerzen lindern.

José knurrte. „Du solltest ein Bad nehmen und dich nach dem Rausch entspannen. Du musst das nicht tun."

Sie drehte sich zu ihm, berührt von seiner Sorge. Er hatte während des Rauschs sein Bestes gegeben, sie schlafen zu lassen, wenn nötig, aber es schien, als würde seine Fürsorge auch darüber hinaus anhalten. „Es geht nicht darum, etwas tun zu müssen, sondern es zu wollen." Während sie eine Hand über seine

Brust gleiten ließ, murmelte sie etwas, das sie vor Wochen nie gesagt hätte: „Ich träume seit Tagen davon, deinen Schwanz zwischen meinen Lippen zu spüren."

José griff seine Erektion und strich einmal daran entlang. „Du bist zu gut, um wahr zu sein, Liebes. Ich denke ständig, ich wache aus dem besten Traum meines Lebens auf."

Da war er wieder und sagte süße Dinge zu ihr. Tief drin entpuppte sich ihr knurriger Drachenmann als so viel mehr.

Victoria ließ ihre Hand weiter über seinen Bauch gleiten, bis sie seine Finger an seinem Schwanz traf. „Jetzt lass los und lass mich dich verwöhnen."

Ihr starker Drachenmann gehorchte, und sie lächelte. Ja, sie mochte es meistens, wenn José im Bett dominierte, aber ab und zu die Kontrolle zu haben, fühlte sich mit ihm auch einfach richtig an.

Als ihre Hand an seinem Schwanz emporglitt und sie dann die Spitze seines Schafts mit dem Zeigefinger neckte, stützte José eine Hand an die Fliesenwand und lehnte sich dagegen. „Ich halte nicht lange durch, wenn du so weitermachst, Tori."

„Der Drachenmann, der oft mindestens zwei Stunden durchgehalten hat, kommt so leicht?" Sie schnalzte. „Vielleicht wirst du alt."

Seine Pupillen blitzten. „Ich bin versucht, dir zu zeigen, wie gut dieser alte Mann mit dir mithalten kann."

Da José erst Anfang dreißig war, unterdrückte sie ein Lachen.

Doch sie ließ sich jetzt nicht von dem ablenken, was sie seit dem ersten Tag gewollt hatte, als José sie geleckt hatte.

Also küsste Victoria seine Brust, eine seiner Brustwarzen, und fuhr fort, bis sie die Haarlinie erreichte, die zu ihrem Ziel führte.

Sie ging erst in die Hocke, dann auf die Knie, sein Schwanz direkt vor ihrem Gesicht. Sie beugte sich vor und leckte den Schlitz an der Spitze, liebte den salzigen Geschmack dort.

José stieß seine Hüften vor, schob seinen Schwanz fast in ihr Gesicht.

Mit einem Lecken hatte sie so viel Macht über ihn.

Und es fühlte sich wunderbar an.

Während sie die Basis seines Schwanzes ergriff, beugte sie sich vor und drückte Küsse auf die Spitze und dann die Seite hinunter. Als sie schließlich ihre Wange gegen die samtig-stählerne Länge rieb, legte José eine Hand in ihr Haar. „Bitte, Liebes, nimm mich tief. Ich kann es nicht erwarten, zu spüren, wie sich dein Mund anfühlt."

Vielleicht würde eine andere Frau ihn betteln lassen, aber Victoria war zu begierig. Sie hatte noch nie so sehr einen Mann kosten wollen, fast, als würde sie sich leer fühlen, bis sie ihn tief aufnahm.

Sie saugte ihn schließlich in den Mund und genoss, wie heiß er unter ihrer Zunge war. Als hätte sie das tausendmal gemacht, schob sie ihre Hand am unteren Teil seines Schwanzes entlang, während sie ihren Kopf auf und ab bewegte und darauf achtete, mit der Zunge Druck auszuüben.

Mit der anderen Hand spielte sie mit seinen Hoden, was José dazu brachte, ihren Kopf mehr gegen seinen Schwanz zu drücken.

Er war definitiv nicht schüchtern, ihr zu sagen, was er wollte.

Vielleicht war er in jedem Aspekt des Lebens so.

Als er seine Nägel in ihre Kopfhaut grub, vergaß Victoria alles, außer ihren Kopf zu bewegen, seine Länge zu liebkosen, und schließlich hörte sie auf, seine Hoden zu massieren, um sich selbst zu berühren. Ein kurzes Reiben ließ sie um Josés Schwanz stöhnen.

Die raue Stimme ihres Drachenmanns hallte in der Dusche. „Scheiße, ja, bring dich selbst zum Höhepunkt, meine gierige Menschenfrau. Hör nicht auf –" Er stöhnte. „– und nimm, was du willst."

Vielleicht, wenn sie nicht kurz vor dem Kommen wäre, würde sie daran denken, dass das meistens nicht stimmte. Nur mit ihm.

Doch als José seine Hüften bewegte und Victoria spürte, dass sie gleich explodieren würde, erstarrte er und knurrte, während sein Samen sich in ihren Mund ergoss. Sie zögerte nicht zu schlucken, liebte den salzigen Geschmack, der ganz José war.

Der Geschmack war, was sie in ihren eigenen Orgasmus schickte. Sie stöhnte um seinen Schaft und bemerkte kaum, wie José sich zurückzog und sie langsam auf die Füße zog.

Als er sie an sich zog, sackte sie gegen ihn, während das heiße Wasser über sie beide strömte.

Er drückte seine Wange gegen ihren Kopf und sagte leise: „Du machst mich zu einem glücklichen Mann, meine kleine Gefährtin."

Stolz durchströmte sie. Nie hätte sie gedacht, dass sie sich so gut fühlen könnte, nachdem sie einem Mann einen geblasen hatte.

Dann traf sie eine Frage, die sie nicht zurückhalten konnte. „Kommt der Rausch wieder, wenn das Baby geboren ist, in einem endlosen Zyklus?"

Denn wenn ja, war sie nicht sicher, ob sie das immer wieder für den Rest ihres Lebens verkraften könnte.

Er streichelte ihren Rücken. „Nein, Liebes. Nur dieses eine Mal." Er beugte sich zu ihrem Ohr hinunter. „Aber wenn du denkst, ich erinnere mich nicht daran, wie du deine Nägel in meinen Rücken, meinen Arsch und meine Arme gegraben hast, und dich nicht bitten werde, das jedes Mal zu tun, dann bist du verrückt."

Sie lächelte gegen die warme Haut seiner Brust. „Gut, denn ich weiß nicht, ob ich damit aufhören kann, meinen Mann zu markieren."

Er knurrte. „Ich mag es, wenn du mich deinen Mann nennst."

Victoria hatte nicht einmal bemerkt, dass sie es

getan hatte. Aber es fühlte sich richtig an, egal, wie seltsam und kurz ihre Werbung gewesen war.

Bevor sie antworten konnte, hob er schließlich ihren Kopf, damit sie ihm in die Augen sah, und ihr Herz setzte bei der Begeisterung, die sie dort sah, einen Schlag aus. „Wir haben viel zu besprechen, aber ziehen wir uns erst an, und klären wir die Angelegenheit mit dem ADDA." Er zeichnete ihre Unterlippe nach. „Aber falls du anfängst, dir Sorgen zu machen oder auszuflippen wegen deiner Situation, versprich mir, dass du es mir sagen wirst. Ich will nicht, dass du je etwas vor mir zurückhältst. Niemals."

Je länger sie bei José war, desto mehr fragte sie sich, warum nicht jede Menschenfrau da draußen losrannte, um ihren eigenen Drachenwandler zu finden. Sie hatte nie einen Mann gesehen, der ihr so schnell so ergeben war.

Sie nickte. „Okay, ich verspreche es dir. Sobald wir nach den ADDA-Sachen wieder allein und auf deinem Clan-Gelände eingezogen sind, habe ich eine Menge Fragen. Die hatte ich schon vorher. Und jetzt? Habe ich so viele, dass ich sie vielleicht nie alle stellen kann."

Er streichelte ihre Wange. „Selbst, wenn es mein ganzes Leben dauern wird, ich beantworte sie alle, Tori. Du wirst sehen."

Die Zuversicht in seiner Stimme, als wäre er sich sicher, ließ ihr Herz wieder einen Schlag aussetzen. Sie wollte glauben, dass sie ihr persönliches Happy

End haben würden, und doch war es nie einfach für einen Menschen und Drachenwandler, in den USA zusammenzubleiben. Zumindest nach allem, was sie bisher gelesen hatte.

Vielleicht wären sie die Ausnahme.

Um das wahrzumachen, musste sie sich natürlich anstrengen. Es konnte nicht alles an José hängen. Also platzte sie heraus: „Wie wäre es, wenn du einfach anfängst, mir zu sagen, wie ich deine Familie überzeugen kann, mich zu mögen? Oder zumindest, wie ich einen guten ersten Eindruck mache?"

Er suchte ihren Blick, seine Anerkennung brannte heiß. „Du willst meine Familie überzeugen, dich zu mögen?"

„Absolut", sagte sie. „Ich will, dass mein – nein, unser – Kind seine ganze Familie kennt. Meine könnte schwieriger sein, da meine Eltern in Scottsdale in Arizona wohnen, aber ich bin sicher, wir finden einen Weg, dass sie auch zu Besuch kommen können. Es wird wohl das seltsamste Weihnachten oder Thanksgiving der Geschichte, aber trotzdem, ich will dafür sorgen, dass es funktioniert."

Vor allem, da Halb-Drachenwandler das Clan-Gelände nicht ohne Erlaubnis verlassen durften, und ihr Kind wäre einer.

Einen Moment lang fragte sie sich, wie die Drachen mit so wenig Freiheit umgingen.

Aber dann verdrängte sie den Gedanken. Das war ein Gespräch, das sie später mit José führen musste. In den Clan zu kommen, die Regeln zu lernen und sich daran zu gewöhnen, mit einem Drachenclan zu leben, waren jetzt ihre Hauptziele.

Oh, nicht zu vergessen die klitzekleine Tatsache, dass sie schwanger war – sie war sich sicher, denn sie hatte gelesen, dass innere Drachen darüber nicht lügen würden – und bald Mutter sein würde.

Während sie eine Hand auf ihren Bauch legte, versuchte sie zu glauben, dass es real war, dass ein winziger Mensch in ihr wuchs.

José legte seine viel größere Hand über ihre, seine Wärme ein sofortiger Trost. Sie begegnete seinem Blick, als er sagte: „Ich werde den ganzen Weg bei dir sein, Liebes. Am Ende wird alles gut."

Es war das einzige, was einer von ihnen über die Realität einer Menschenfrau andeutete, die ein Halb-Drachenwandler-Baby zur Welt bringen würde – mit anderen Worten, dass ihre Überlebenschancen etwa fifty-fifty standen.

José küsste ihre Wange und sagte: „Die Chancen stehen heute viel besser als noch vor ein paar Jahren. So ungern ich es auch zugebe, diese verdammten britischen Drachenwandler waren fleißig dabei, herauszufinden, wie sie ihre Menschen-Gefährtinnen am Leben halten, selbst wenn sie in kurzer Zeit mehr Kinder haben, als Drachen es normalerweise tun. Wenn ich einen Deal mit dem leitenden Arzt von PineRock machen muss, damit er rausfindet, warum – falls er es nicht schon weiß –, werde ich es tun. Ich will meine wahre Gefährtin für mehr als neun Monate."

Da Victoria nicht viel wusste, außer dem, was in ihrem Buch stand oder sie in der neuen Videoserie von Jane Hartley gesehen hatte, die den Menschen die Drachenwandler-Kultur vorstellte, hatte sie keine Ahnung, wovon er sprach. Sie wiederholte: „Meine Chancen sind jetzt besser?"

„Ja, Liebes. Viel besser. Die Briten haben seit fast zwei Jahren keine menschlichen Gefährtinnen mehr bei der Entbindung verloren." Er küsste ihre Lippen langsam, bevor er hinzufügte: „Ich erzähle dir alles, sobald ich die Gelegenheit habe, meine Gefährtin besser kennenzulernen. Aber dafür müssen wir nach PineRock." Er nahm eine Shampooflasche. „Also lass mich dir jetzt helfen, sauber zu werden, damit wir genau das machen können."

Victoria hatte nie gedacht, dass sie wollen würde, dass ein Mann ihr die Haare wusch, aber als er ihre Kopfhaut massierte und sie ihre Stirn gegen seine Brust lehnte, dachte sie, das war etwas, an das sie sich gewöhnen könnte.

Und sie war so entspannt von Josés Fürsorge, dass sie kaum an etwas anderes dachte als an den Drachenmann vor sich und dass sie schon jetzt über die Geburt ihres Kindes hinaus bei ihm bleiben wollte.

Kapitel Sieben

W ährend der Autofahrt zum Clan PineRock bemühte Victoria sich, sich auf die Landschaft zu konzentrieren, anstatt den Drachenmann neben sich anzustarren.

In und um Las Vegas aufgewachsen, war sie die Wüste gewohnt – Sand, Gestrüpp und ja, sogar Kakteen. Ganz zu schweigen von jeder Menge Steinen.

Doch während Lake Tahoe selbst berühmt für seinen tiefen, wunderschön blauen See war, hatte sie nie viel über die Umgebung nachgedacht. Die hohen, schlanken Kiefern, die Kämme mit wenig Grün, aber gelegentlich Schnee – sogar im Spätsommer – und der eine oder andere Wasserfall hier und da waren wunderschön.

Und als sie tiefer in die Gegend, die *Desolation Wilderness* genannt wurde, fuhren, ein Gebiet westlich von Lake Tahoe, verliebte sich Victoria in die

Wälder und Berge. So vollkommen anders als zu Hause.

Sie fragte sich, ob Drachenwandler je Menschen auf ihrem Rücken trugen, wenn sie flogen. Sie konnte sich nur vorstellen, wie viel atemberaubender es wäre, im Winter alles mit Schnee bedeckt vom Himmel aus zu sehen.

José drückte ihre Hand, und sie begegnete seinem Blick. Er deutete nach vorn. „Da ist der Eingang nach PineRock."

Sie beugte sich vor, um es vom Rücksitz aus zu sehen.

Vor einer in den Felsen gehauenen Einfahrt war ein riesiges Metalltor. „Ich hab nie was davon gehört, dass ihr in einem Berg lebt."

„Tun wir auch nicht. Warte einfach ab. Ich will die Überraschung nicht verderben."

Sie wollte gerade weiterfragen, als das Tor sich langsam öffnete und Ashley, die ADDA-Mitarbeiterin sie hindurchfuhr, in den Tunnel hinein.

Nach ungefähr fünfzehn Metern öffnete sich der Tunnel in ein riesiges Tal – oder vielleicht eine Art Lichtung? Victoria wusste nicht, was der richtige Begriff war – umgeben von Bergen auf allen Seiten. In dem offenen Raum lagen verschiedene Häuser und Gebäude. Sie konnte gerade einen schwarzen Drachen sehen, der vom Boden abhob und in den Himmel stieg.

José murmelte: „Willkommen in PineRock!"

Als ein weiterer Drache – ein goldener – herabsegelte und landete, wollte sie aus dem Auto springen und losrennen, um zu sehen, wie er oder sie sich in einen Menschen verwandelte.

Ja, wer auch immer es war, wäre am Ende nackt, aber das war ihr egal. Sie hatte noch nie einen Drachen wandeln gesehen, und Victoria hatte so viele Fragen. Tat es weh? Wie oft konnten sie es tun? Konnten sie je in einer der Gestalten steckenbleiben?

Natürlich erinnerte sie das Nachdenken über wandelnde Drachen an den Drachenmann neben ihr. Während sie ihren Blick von den zusammenge-würfelten Hütten, Häusern und höheren Gebäuden unbekannter Nutzung losriss, fragte sie: „Zeigst du mir bald deine Drachengestalt?"

José nickte. „Ja, sobald wir uns eingelebt haben. Glaub mir, mein inneres Tier ist ungeduldig, rauszu-kommen, und droht sogar, auf der Stelle zu wandeln."

Die ADDA-Mitarbeiterin meldete sich vom Fahrersitz. „Ich würde gern vermeiden, dass mein Auto zu einem Haufen Schrott wird, vielen Dank!" Ashley parkte vor einem der größeren Gebäude, das vier oder fünf Stockwerke hoch war. Es könnte ein Laden oder ein zentrales Verwaltungsgebäude sein, wenn Victoria hätte raten müssen. Hatten Drachen-wandler sowas? Das Buch handelte von britischen Drachenclans, nicht von amerikanischen. Und es gab sicher Unterschiede.

Ashley stellte den Motor ab und fügte hinzu: „Wir sind da. Bevor ihr zwei loszieht und Ärger macht, müssen wir ein paar Dinge klären. Und ich bin sicher, Ihr Clanführer würde es nicht mögen, wenn Sie ihn stehenlassen, bevor Sie ihm die neueste Bewohnerin vorstellen, José."

Victoria wusste nicht viel über den Clanführer, außer dass sein Name Wes Dalton war. „Wir laufen nicht weg. Noch nicht."

José schnaubte. „Wes ist nicht so pingelig wie das ADDA. Solange du bei mir bist, Tori, ist es ihm wahrscheinlich egal."

Ashley schniefte. „Wahrscheinlich ist das entscheidende Wort. Trotzdem will ich nicht, dass er meinem Boss die Hölle heißmacht." Sie öffnete ihre Tür. „Also, bleiben Sie bei mir, oder muss ich ein paar der Beschützer rufen, um sicherzugehen?"

Beschützer waren sowas wie Sicherheitskräfte für Drachenwandler, das wusste sie von der offiziellen ADDA-Website. Doch sie trainierten oft mit der US-Army-Reserve und waren weit mehr als der durchschnittliche Sicherheitsdienst in einer Mall. Victoria wusste, dass sie nie einem Drachenkrieger am Himmel oder auch nur am Boden begegnen wollte. Ihre Supersinne allein würden sie in fast jedem Kampf siegen lassen.

Victoria antwortete vor José. „Wir bleiben bei Ihnen, Ashley. Ich bin sowieso gespannt darauf, den Clanführer zu treffen."

Vor allem, da er entscheidet, ob ich nach der Geburt des Babys hierbleiben darf oder nicht.

Sie stiegen aus dem Auto. José nahm wieder ihre Hand, und sie folgten Ashley ins Gebäude.

Victoria gab sich größte Mühe, nicht zu gaffen, scheiterte aber kläglich. Viele Männer und sogar ein paar Frauen liefen in T-Shirts herum, mit identischen dunklen, tätowierten Drachen auf den Armen. Jeder von ihnen war locker eins achtzig groß, sogar die Frauen. Und sie hatten alle mehr Muskeln, als sie je in einem Raum gesehen hatte, selbst, als sie ein paar Wochen lang versucht hatte, in einem Fitnessstudio zu trainieren.

Victoria musste nur sichergehen, dass sie niemandem auf die Füße trat, mit dem sie am Ende nicht klarkommen konnte.

Ein paar der Drachenwandler nickten José zu, und er grunzte zurück. Es gab so viele Gesichter, dass sie sich fragte, wie lange es dauern würde, sie sich alle zu merken. Denn selbst wenn sie sie ignorierten, würde Victoria ihre Namen lernen. Bevor sie Lehrerin an einer Online-Schule geworden war, hatte sie in einem echten Klassenzimmer unterrichtet. Und das schnelle Lernen der Namen hatte ihr Punkte bei den Schülern eingebracht.

Ashley blieb vor einer Tür stehen. „Und hier sind wir. Wes und ein paar andere prominente Clan-Mitglieder warten schon. Bereit, Victoria? Oder brauchen Sie eine Minute?"

Sie ignorierte ihr pochendes Herz, denn sie wollte den Clanführer treffen. Doch sie war ein bisschen nervös, da ihre Erfahrung mit Drachenwandlern auf einen beschränkt waren. Trotzdem nickte sie. „Ich bin bereit."

„Dann bringen wir's hinter uns", sagte die andere Menschenfrau.

Ashley betrat den Raum, als gehörte er ihr, Kopf hocherhoben, die Schultern straff, ihr Gang entschlossen. Victoria musste der Frau Respekt zollen – sie ließ sich von den viel stärkeren, größeren und schnelleren Drachenwandlern nicht einschüchtern. Vielleicht konnte Victoria etwas von der ADDA-Vertreterin lernen.

Drinnen entdeckte Victoria einen etwas älteren, sanft gebräunten Mann mit kastanienbraunem Haar und dem universellen amerikanischen Drachenwandler-Tattoo auf dem Arm, der lässig in seinem Stuhl zurückgelehnt saß. Zu seiner Rechten war ein Mann mit schwarzen Haaren, dunkelbrauner Haut und demselben Tattoo und eine dunkelhaarige Frau mit hellbrauner Haut zu seiner Linken. Da die Frau jedoch ein langärmeliges Shirt trug, hatte Victoria keine Ahnung, ob sie eine Drachenwandlerin war.

Dann blitzten ihre Pupillen zu Schlitzen. *Ja, eine Drachenwandlerin.*

Ashley nickte dem Mann mit den kastanienbraunen Haaren zu. „Dalton."

Also war er Wes Dalton, der Clanführer.

Er lud sie alle ein, Platz zu nehmen. „Ein Vergnügen, wie immer, Miss Swift." Sein braunäugiger Blick wanderte zu Victoria. „Und Sie müssen Victoria sein."

Während sie sich setzten, legte José besitzergreifend einen Arm um ihre Schultern. „Ja, das bin ich. Freut mich, Sie kennenzulernen, Mr. Dalton."

Die Frau gegenüber schnaubte. „So höflich."

Wes runzelte die Stirn. „Benimm dich, Cris. Du bist jetzt für ihre Sicherheit verantwortlich." Bevor Victoria fragen konnte, was er meinte, gestikulierte Wes in Richtung der anderen Frau. „Das ist Cristina Juarez, sie ist die Kommandantin unserer Beschützer. Sie ist für die Sicherheit des Clans zuständig."

Victoria blinzelte. „Eine Kommandantin?"

Die Frau beugte sich vor. „Ist das ein Problem?"

José knurrte. „Sei nett, Cris."

Cris hob die Brauen. „Nett kann ich später sein. Ihre Sicherheit ist wichtiger, was bedeutet, dass sie meine Rolle verstehen muss. Ich kann nicht zulassen, dass sie an meiner Autorität zweifelt oder meine Befehle ignoriert, denn das könnte sie umbringen."

Der Mann zu Wes' Rechten seufzte. „Ignorieren Sie Cris bitte. Es ist nicht leicht, eine Beschützerin zu sein, geschweige denn die Kommandantin des ganzen Vereins. Sie wirkt aggressiv, aber sie sorgt sich tief um den Clan." Cris knurrte ihn warnend an, aber der Mann ignorierte sie. „Mein Name ist Troy Carter, und ich bin der Chefarzt des Clans. Sie werden mich wahrscheinlich öfter sehen als irgendwen sonst hier in PineRock, außer José natürlich."

Sie nickte dem Arzt zu, dankbar für sein Lächeln

und seine freundlichen Augen. Nicht jeder würde sie hier hassen, schien es.

Der Clanführer sprach wieder. „Und nennen Sie mich einfach Wes, Victoria. Mr. Dalton klingt zu sehr nach meinem Vater." Er beugte sich vor und fuhr fort: „Jetzt, wo wir die Vorstellungen hinter uns gebracht haben, kommen wir zur Sache. Victoria, Sie leben hier, bis das Baby geboren ist. Danach haben Sie die Möglichkeit zu bleiben, aber nur, wenn Sie uns drei überzeugen, dass Sie wirklich hier sein möchten und sich der Konsequenzen des Lebens mit Drachenwandlern bewusst sind." José drückte Victorias Schulter, aber der Clanführer zuckte nicht mit der Wimper, als er hinzufügte: „Vor allem bedeutet das, die Clan-Regeln zu verstehen und zu befolgen. Es gibt hier nichts Halbherziges – Sie sind entweder für den Clan oder gegen uns. Verstehen Sie?"

Obwohl Wes' Augen freundlich waren, waren sie auch entschlossen. Sie konnte sich gut vorstellen, was passierte, wenn jemand ihn verärgerte.

Natürlich hatte sie null Interesse, das zu tun. Sie hätte keine Chance gegen einen wütenden Drachenwandler, und das schon, bevor er sich in ein großes, schuppiges Tier verwandelte.

Sie nickte. Wes winkte zu beiden Seiten. „Cris und Dr. Carter werden Ihnen zuerst helfen. Danach haben Sie Unterricht bei den Clan-Lehrern und werden versuchen, Dinge von José und seiner Familie zu lernen. Wenn Sie sich jedoch aus irgendeinem Grund bedroht oder in Gefahr fühlen, kommen Sie direkt zu mir, okay?"

José knurrte. „Ich werde sie beschützen."

Wes richtete seinen Blick auf ihn. „Per Gesetz muss ich dich warnen, José. Es ist meine Pflicht, *alle* Clan-Mitglieder zu schützen. Victoria mag deine wahre Gefährtin sein, aber die Regeln haben sich nicht geändert."

Sie runzelte die Stirn, und etwas fiel ihr ein. „Gibt es andere Menschen, die bei Ihnen leben?"

Wes schüttelte den Kopf. „Sie sind die Einzige."

„Oh." Sie hatte angenommen, dass zumindest ein paar Drachenwandler menschliche Gefährtinnen hatten, wie in Großbritannien.

Was bedeutete, dass sie allein unter einer anderen Spezies leben würde, mit deren Sitten und Erwartungen. Niemand würde ihre Situation wirklich verstehen oder mit ihr reden, wenn sie frustriert war, was irgendwann sicher passieren würde.

Ja, sie wollte, dass es mit José klappte, aber ein Mädchen musste manchmal Dampf ablassen. Und sie bezweifelte, dass sie ihre menschliche beste Freundin in Vegas kontaktieren durfte.

Würde sie die Isolation verkraften?

Als spürte sie ihre aufsteigende Panik, sagte Ashley: „Nach ein paar Monaten können Sie Besucher empfangen, vorausgesetzt, sie bestehen den nötigen Backgroundcheck. Ganz zu schweigen davon, dass ich oft vorbeikomme, um nach Ihnen zu sehen, so oft, dass bald alle die Nase voll von mir haben werden."

Obwohl sie die ADDA-Mitarbeiterin nicht lange kannte, mochte Victoria sie schon. „Ich bezweifle, dass das passiert."

José grunzte. „Oh, das wird es."

Ashley warf ihm einen scharfen Blick zu, bevor sie sich dem Clanführer zuwandte. „Ich habe alle Unterlagen dabei. Sollen wir den verdammten Papierkrieg hinter uns bringen?"

Wes' Lippen zuckten. „Ich sollte Ihre unprofessionelle Haltung dem ADDA melden."

„Aber das werden Sie nicht. Haben Sie nie."

Als sie einen Blick tauschten, fragte sich Victoria, woher sie einander kannten.

Doch Ashley stand auf, und alle anderen folgten. Wes blickte zurück zu Victoria. „José zeigt Ihnen jetzt Ihre Hütte, aber nachher haben Sie noch Termine bei Cris und Dr. Carter. Je früher Sie wissen, was Sie erwartet, desto eher können Sie eine Routine etablieren. Soweit ich weiß, werden Sie arbeiten, während Sie hier leben."

Sie nickte. „Ich unterrichte die Oberstufe in einer Onlineschule. Der Unterricht fängt bald an, und ich möchte weitermachen."

„Solange Sie keine Geheimnisse verraten, ist das okay. Aber sollte es irgendwelchen Ärger geben, müssen Sie aufhören."

Die Endgültigkeit seiner Worte störte sie. Aber sie hatte keine Wahl, als es zu akzeptieren, da eine

Zukunft, in der sie bei ihrem Kind bleiben durfte, auf dem Spiel stand. Also antwortete sie: „Ich verstehe."

„Gut. Dann bin ich weg, um Papierkram mit Miss Swift zu erledigen. Willkommen im Clan Pine-Rock, Victoria Lewis! Ich hoffe, Sie betrachten diesen Ort bald als Ihr Zuhause."

Sobald Wes und Ashley weg waren, zog José sie an seine Seite. Zu den anderen Drachenwandlern sagte er: „Schickt mir die Termine per SMS, und ich sorge dafür, dass Tori pünktlich da ist."

Bevor einer antworten konnte, hatte er sie aus dem Raum geschoben und zurück zum Eingang. Dort flüsterte er in ihr Ohr: „Ich zeige dir unser neues Zuhause, bevor du jemand anderen triffst."

„Unser Zuhause?", wiederholte sie. „Ich dachte, es wäre meines."

„Ist es. Aber wenn du denkst, ich lebe nach den letzten zwei Wochen getrennt von dir, habe ich nicht genug getan, um dich zu überzeugen, wie sehr ich dich will."

Ihre Wangen erhitzten sich ein wenig. Sie wollte José in der Nähe wissen, aber konnte nicht widerstehen, ihn zu necken. „Vielleicht musst du dir mehr Mühe geben."

Seine Pupillen blitzten. „Wenn du nicht eine kleine Erholungspause bräuchtest, würde ich es dir bei der ersten Gelegenheit zeigen. Aber für morgen habe ich einen umwerfenden Abend geplant. Vielleicht verstehst du dann endlich, wie sehr ich dich will."

Ihr Puls schlug schneller, während Hitze durch ihren Körper schoss. Trotz der Tatsache, dass sie wund, müde und hungrig vom Paarungsrausch war, wollte sie mehr von ihrem Drachenmann.

Wahrscheinlich würde das immer so sein.

Nicht jetzt, Tori. Sie musste sich darauf konzentrieren, sich in den Clan einzufügen. „Zeig mir bis dahin so viel wie möglich von deinem Zuhause." Sie hielt inne und fügte hinzu: „Und ich will deinen Drachen sehen."

„Eine Frau, die weiß, was sie will." Er senkte seine Stimme eine Spur. „Das gefällt mir."

Heilige Scheiße, dieser Mann war fast zu perfekt für Worte.

Vielleicht würde das Treffen mit seiner Familie ein paar Mängel offenbaren und ihn realer machen. Schließlich hatten Familien oft peinliche Geschichten, und sie konnte kaum erwarten, sie zu hören.

Aber als er sie zu ihrem neuen Zuhause führte, studierte sie jedes Detail ihrer Umgebung, von den Häusern zu den Wegen und Straßenlaternen. Aus irgendeinem Grund hatten die meisten Amerikaner eine mittelalterliche Vorstellung vom Leben der Drachenwandler, aber sie waren genauso modern wie Menschen.

Um nichts zu vergessen, musste Victoria anfangen, sich Notizen zu machen. Sie hatte keine Ambitionen, ein Buch zu schreiben, aber wenn je eine andere Menschenfrau nach PineRock kam, könnte es ihr helfen, sich schneller einzuleben.

Kapitel Acht

José brauchte all seine Selbstbeherrschung, um nicht irgendeine dunkle, versteckte Ecke zu finden und seine Frau schon wieder zu nehmen.

Selbst ohne den Rausch wollte er sie ständig.

Sein innerer Drache meldete sich zu Wort: *Lass sie sich ein bisschen ausruhen. Und denk daran, sie war von Anfang an neugierig auf Drachenwandler. Gönn' ihr das, und sie wird uns noch mehr lieben.*

Es schien, als wollte sein Drache ihre Menschenfrau auch glücklich machen.

Sie traten aus dem Gebäude in den Nachmittagssonnenschein. Er hatte sie gerade in Richtung der Hütte gelenkt, die für sie gedacht war, als er eine vertraute Frauenstimme hinter sich hörte. „Juhu, José!"

Seine Schwester.

Als er sich umdrehte, stand da tatsächlich Gaby

mit einem breiten Grinsen im Gesicht. Ihr gesträhntes Haar tanzte um ihre Schultern, während sie ihre dunkelbraunen Augen zwischen ihm und Victoria hin und her schweifen ließ. Er knurrte: „Was willst du, Gaby?"

„Deine Menschenfrau kennenlernen." Sie musterte sie kurz. „Scheint, als stündest du ziemlich tief in meiner Schuld, weil ich dich gezwungen habe, die Lotterie durchzuziehen."

„Wovon redet sie?", fragte Victoria.

Er entschied, dass die Wahrheit am besten war. „Das ist meine jüngere Schwester, Gabriella, aber alle nennen sie Gaby. Sie hat uns beide für die Lotterie angemeldet, ohne meine Erlaubnis, wohlgemerkt."

„Deine Schwester?" Die Überraschung in ihrer Stimme war erwartet, da er und seine Schwester sich nicht sehr ähnlich sahen. Victoria ging auf sie zu und streckte die Hand aus. „Freut mich, dich kennenzulernen, Gaby. Nenn' mich bitte Tori."

Mit einem amüsierten Blick nahm Gaby ihre Hand und schüttelte sie. „Ich freue mich, dich endlich zu treffen. Und dem knurrigen, beschützerischen Verhalten meines Bruders nach zu urteilen, nehme ich an, dass du langfristig bei uns in PineRock bleiben wirst?"

Er kniff die Augen zusammen. „Setz sie nicht unter Druck, Gabriella."

Seine Schwester ignorierte ihn. „Wirst du? Wenn ja, sollten wir uns in der nächsten Woche oder so definitiv näher kennenlernen und uns gegen meinen Bruder verschwören. Ich gehe in weniger als zwei Wochen zu meiner eigenen Lotterie, aber ich bin sicher, wir können bis dahin einiges anstellen."

Victoria antwortete: „Oh, stimmt. Alle Drachengeschwister nehmen an der Lotterie teil."

Gaby nickte. „Ja, deshalb war ich meinem Bruder einen riesigen Gefallen schuldig, weil er mitgemacht hat. Aber ich schätze, wir sind quitt, da er jetzt dich hat."

Victorias Wangen röteten sich. „Kannst du sehen, dass ich seine wahre Gefährtin bin?"

„Ich wünschte, ich wäre so gut. Aber leider nein. Der Clanführer hat es mir und meinen Eltern gesagt, damit wir uns vorbereiten können. Meine Mom will dich von Anfang an willkommen heißen." Sie senkte die Stimme. „Du wirst schließlich ihr erstes Enkelkind zur Welt bringen."

Als seine Schwester zwinkerte, ging José zu Victoria und zog sie an seine Seite. „Ich wollte sie später zum Haus bringen. Lass mich Tori zumindest ihr neues Zuhause zeigen, bevor du oder Mom sie verhört."

Er kniff die Augen zusammen und hoffte, dass seine Schwester den Wink akzeptieren würde.

Gaby hob beschwichtigend die Hände. „Mann, ganz ruhig, José. Deine wahre Gefährtin zu finden, hat dich noch unerträglicher gemacht." Seine Schwester wandte sich Victoria zu. „Ich seh' dich später, wahrscheinlich beim Abendessen. Meine

Mom bereitet ein ganzes Festmahl vor. Und wenn ich du wäre, würde ich lockere Kleidung tragen, weil sie dich mästen wird, bis du platzt."

José wandte sich und Victoria ein Stück weiter von Gaby ab. „Wir sehen uns später."

Damit führte er seine Gefährtin weg. Hinter ihnen rief Gaby: „Ich hab' dich auch lieb, Bruderherz!"

Er seufzte, und Victoria lachte. „Ich mag deine Schwester."

„Und das macht mir Angst", brummte er.

„Also gehen wir heute Abend zu deinen Eltern zum Essen?"

„Ich weiß, es ist wirklich früh, und ich kann sie hinhalten, wenn es sein muss, aber sie würden einen Weg finden, ganz ‚zufällig' vorbeizukommen. Ein Abendessen, um sie alle auf einmal zu treffen, dürfte der einfachste Weg sein."

„Das ist okay. Ehrlich gesagt, würde ich es gern hinter mich bringen. Je früher ich weiß, wie die Leute hier eine Menschenfrau sehen, desto besser kann ich planen, wie ich mich anpasse."

Seine Frau war wirklich bemerkenswert. „Es liegt nicht nur an dir, dich zu ändern oder anzupassen, Tori. Wenn Wes' Pläne aufgehen, werden in den kommenden Jahren mehr Menschen hier leben. Und je offener PineRock dir gegenüber ist, desto leichter wird es sein, andere anzulocken."

„Anlocken, hm? Angesichts der zweihundert Frauen, die in dem Hotelballsaal für die Lotterie aufgetaucht sind, denke ich nicht, dass ihr viel tun müsst, um mehr Menschen hierherzubringen."

José schüttelte den Kopf. „Es gibt einen Unterschied zwischen denen, die damit angeben wollen, mit einem Drachenwandler geschlafen zu haben, und denen, die uns wirklich kennenlernen und bleiben wollen."

Victoria neigte den Kopf. „Ich gebe zu, ich weiß nicht so viel über Menschen, die bei Drachenclans leben, wie ich sollte, aber es gibt ein paar andere Clans in der Nähe, oder? Leben dort Menschen? Ich frage nur, weil ich gern mit jemandem reden und mir Tipps holen würde."

Er schüttelte den Kopf. „Wir stehen den anderen drei Drachenclans in der Tahoe-Region – StoneRiver, SkyTree und StrongFalls – nicht sehr nah. Aber wenn jemand wissen könnte, ob Menschen mit Drachen-Gefährten dort leben, wäre es Cris. Die Beschützer kommunizieren aus der Notwendigkeit miteinander, für die Sicherheit dieses Gebiet zu sorgen. Du kannst sie in einer Stunde oder so fragen."

„Vielleicht."

Er mochte die Unsicherheit in Victorias Ton nicht. „Schau, Cris kann am Anfang ein bisschen einschüchternd wirken, ja. Aber sie liebt den Clan mit Herz und Seele. Solange du nicht anzweifelst, dass sie die Kommandantin der Beschützer ist – sie muss sich viel Scheiße anhören, weil sie eine Frau ist –, könnte sie sich für dich erwärmen."

„Wenn Beschützerinnen schon so selten sind, gibt es überhaupt weibliche Clanführer?"

Seine Gefährtin war neugierig, und er hoffte, diese Neugier oft zu befriedigen. „Es gibt zumindest eine, die ich kenne. Sie ist in Irland. Und vor nicht allzu langer Zeit hat ein Paar einen Clan in England übernommen und leitet ihn zusammen. Aber ich weiß das nur aus Medienberichten und online. Viele Clans sind immer noch verschlossen, besonders gegenüber Außenstehenden. Verdammt, es gibt nicht mal einen Treffpunkt – online oder im echten Leben – für Clanführer, um Informationen auszutauschen."

Erst in den letzten Jahren hatte José überhaupt darüber nachgedacht. Solange er sich erinnern konnte, waren die Clans unter sich geblieben. Dann hatte diese Menschenfrau in England ihr Buch über Drachenwandler veröffentlicht und damit Veränderungen losgetreten.

Sein Drache meldete sich zu Wort: *Aber du kannst ihr deswegen nicht böse sein. Das Buch hat uns Tori gebracht.*

Stimmt. Ich wünschte, ich hätte mehr Antworten für unsere Gefährtin. Ich bin sicher, sie kann Gaby für sich gewinnen, aber es wird Zeit brauchen, bis die anderen sie akzeptieren. Und obwohl ich denke, dass wir genug für sie sind, könnte sie einsam werden ohne weibliche oder menschliche Freunde.

Sei nicht so verdammt negativ. Unsere Gefährtin ist klug und entschlossen. Ich bin sicher, ihr wird es hier gut gehen.

Das hoffe ich, Drache. Das hoffe ich.

Die kleine Hütte, die für Victoria gedacht war, kam in Sicht, und er konzentrierte sich auf seine Gefährtin und wie sie reagieren würde, nichts anderes. Er deutete nach vorn. „Das wird deine Hütte sein – obwohl ich immer noch sage unsere."

Sie schmunzelte, als sie sie betrachtete. „So süß! Und wirklich eine Hütte, nicht wie dieses andere riesige Haus."

Er musterte die einstöckige Blockhütte mit Kamin und überdachter Veranda.

Sie würden umziehen müssen, wenn sie je mehr als ein Kind hätten, aber es war gemütlich und perfekt für ihn, Victoria und ihr Baby. „Es gibt auch einen Garten. Und es ist nicht weit von dem kleinen See entfernt, den wir für den Clan nutzen."

Sie hob eine Braue. „Bitte sag mir, dass ihr nicht im Winter zum Spaß in einem eisigen See badet."

Er zuckte mit einer Schulter. „Drachen spüren die Kälte nicht so wie Menschen. Und sie mögen es sauber."

Vorfreude brannte in ihrem Blick. „Kann ich vielleicht bald deinen Drachen waschen?"

Ja, bitte, schnurrte sein Tier.

Victoria lachte. „Deine Pupillen haben sich verändert, und dann hast du die Stirn gerunzelt. Er hat Ja gesagt, oder?"

Er hob eine Hand und streichelte ihre Wange. „Du wirst gut darin, mich zu lesen, Liebes."

Sie lehnte sich näher, ihre Stimme wurde heiser.

„Nach fast zwei Wochen, in denen ich ständig mit deiner menschlichen und deiner Drachen-Hälfte zusammen war, würde ich sagen, ich kenne beide Seiten von dir ziemlich gut."

Sein Drache schüttelte seine Flügel aus. *Sie hat uns beide so leicht akzeptiert. Sie gehört zu uns.*

Da stimme ich völlig zu, Drache.

Sie erreichten die Veranda, und José öffnete die Tür. Da sie in PineRock waren, wusste er, dass es sicher war, und zögerte nicht, sie hereinzuwinken. „Willkommen in deinem neuen Zuhause, Tori. Hoffentlich nennst du es bald unser Zuhause."

Sie lächelte ihn einen Moment an, bevor sie hineinstürmte.

Er konnte nicht anders, als über ihren Enthusiasmus zu schmunzeln, bevor er folgte.

Als sie sich umdrehte, ihre Augen weit aufgerissen, während sie das Wohnzimmer mit seinem großen Kamin, dem Sofa und ein paar anderen Möbeln betrachtete, standen Mann und Tier etwas aufrechter. Ihrer Gefährtin gefiel ihr neues Zuhause.

„Ich liebe es, José! Ich hatte noch nie ein eigenes Haus. Wo geht's zum Garten?"

Er deutete zur Hintertür, und sie stürmte hinaus. Als wäre er an der Leine, folgte er ihr, um sie dabei zu beobachten, wie sie sich mit weit ausgebreiteten Armen im Kreis drehte.

Der Anblick ließ sein Herz einen Schlag lang aussetzen. Er liebte verdammt nochmal alles an seiner Menschenfrau.

Mit rosigen Wangen rannte sie zu ihm, nahm seine Hand und zog ihn auf die große Wiese. „Ist hier genug Platz für deinen Drachen? Bitte sag Ja. Ich will ihn wirklich vor meinen Terminen sehen. Ganz zu schweigen davon, dass es unfair scheint, deinen Drachen nicht zu sehen, bevor ich den Rest der Familie treffe. Vor allem angesichts der vielen Male, die er mich beansprucht hat, während er deine menschliche Gestalt kontrolliert hat."

Sein Drache richtete sich auf und brüllte. *Es ist genug Platz. Lass mich raus. Ich will spüren, wie sie mich hinter meinen Ohren kratzt.*

Okay, okay, warte. Lass mich ihr zuerst alles erklären, da du in Drachengestalt nicht sprechen kannst.

Was würde ich nicht geben, um telepathisch mit ihr zu kommunizieren!

Das würde seine Gefährtin wahrscheinlich mit der Zeit verrückt machen, da sein Tier vermutlich nonstop Sexfantasien senden würde.

Aber während er die pure Vorfreude und Begeisterung auf Victorias Gesicht genoss, entschied er, sie vielleicht das erste Mal zu überraschen.

Er deutete zur kleinen Veranda hinter dem Haus. „Stell dich da drüben hin, bis ich mit dem Wandeln fertig bin. Dann kannst du zu mir kommen, okay?"

Sie rannte zur Veranda, legte die Hände aufs Geländer und beugte sich vor.

Nie hätte er gedacht, dass eine Menschenfrau,

die sich gespannt vorbeugte, um seinen Drachen zu sehen, ihn dazu bringen würde, sich ein bisschen in sie zu verlieben.

Es ist, weil sie uns ganz akzeptiert. Jetzt zieh dich aus und leg los.

Da er einverstanden war, ging José an eine gute Stelle auf der Wiese und zog sich schnell aus.

Victoria hielt den Atem an, als José seine Kleider auszog.

Zum Teil wegen seiner muskulösen, gebräunten Brust und der starken Oberschenkel. Ganz zu schweigen von dem köstlichen Drachen-Tattoo an einem seiner Bizepse und dem Teil seiner Anatomie zwischen seinen Beinen, den sie ziemlich liebgewonnen hatte.

Ein nackter José Santos würde ihr immer den Atem rauben.

Aber es war mehr als das. Zum ersten Mal würde sie nicht nur einen Drachenwandler vom Menschen zum Drachen wandeln sehen, sondern auch Josés Drachen treffen.

Während des Rauschs hatte sie beide Hälften von ihm akzeptiert. Aber sie hatte sich immer gefragt, wie der Drache aussah. Nur zu wissen, dass er blau war, reichte nicht.

Seine dunkelbraunen Augen trafen ihre, und er lächelte. Ein paar Augenblicke später leuchtete sein

Körper schwach, und er streckte seine Gliedmaßen, seine Beine verwandelten sich in kräftige Hinterbeine mit Krallen, seine Nase und der Kiefer verlängerten sich zu einer Schnauze, und große, wunderschöne Flügel wuchsen aus seinem Rücken.

Es dauerte wahrscheinlich nicht mehr als eine halbe Minute, aber es schien sich fast in Zeitlupe abzuspielen, sodass sie ihren Augen immer noch nicht traute. Und jetzt stand ein fast sechs Meter hoher blauer Drache in ihrem Garten; seine Schuppen schimmerten im Vormittagssonnenlicht.

Sie musste sich fast kneifen, um sicherzugehen, dass es echt war. Hätte sie den Rausch nicht erlebt, hätte sie es wahrscheinlich getan.

Als er seine Flügel ausstreckte, die im Sonnenlicht durchscheinend wirkten, und seinen Kopf senkte, sahen seine großen, mandelförmigen Drachenaugen mit geschlitzten Pupillen sie direkt an.

Es fühlte sich an, als würde er tief in die verborgenen Teile ihres Geistes und Herzens blicken.

Und als er seinen Kopf auf die andere Seite und zurück bewegte, seine Schuppen noch mehr Licht reflektierten, beinahe wie ein Edelstein, keuchte sie fast. Schön, prächtig, majestätisch – keines dieser Worte schien genug, um ihren Mann in seiner Drachengestalt zu beschreiben.

José winkte mit einem Vorderbein, und das riss Victoria aus ihrer Trance. Es war Zeit, den Drachen ihres Mannes zu treffen.

Sie rannte zu ihm und blieb nur ein paar Schritte entfernt stehen. Damit sie ihren Hals nicht verrenken musste, senkte der Drache seinen Kopf fast auf ihre Augenhöhe. Victoria streckte eine Hand aus, überlegte, ob sie ihn berühren oder warten sollte. Aber dann kam der Drache näher und stupste seine Schnauze gegen ihre Handfläche. Als er seinen Kopf bewegte, um ihre Hand zu seinem Kiefer zu führen, lächelte sie. „Du bist wie eine Katze oder ein Hund, oder? Beide mögen es, wenn sie am Kiefer gekrault werden."

Der Drache schnaubte, und sie lachte. Victoria hatte gewusst, dass Drachenwandler in ihrer Drachengestalt nicht sprechen können, und sich gefragt, wie sie kommunizierten.

Aber es schien, als hätte Josés Tier einen Weg gefunden.

Sie strich gedankenverloren mit der Hand über die Seite der Drachenschnauze und genoss das Gefühl der Schuppen, die weitgehend glatt waren, mit seichten Rillen, fast wie geprägtes Leder. Als sie schließlich hinter sein Ohr kam, fanden ihre Finger eine glatte Hautstelle ohne Schuppen. Sie kratzte dort, und der Drache begann zu summen.

„Also bist du wirklich wie eine Katze oder ein Hund und willst, dass ich deine Ohren kratze."

Der Drache lehnte sich in ihre Berührung, also nahm Victoria die andere Hand dazu und kratzte fester.

Der Drache gab einen Laut von sich, der wie ein

Stöhnen klang, und sie lachte. „Ich denke, ich weiß jetzt, wie ich dich für mich gewinne."

Josés Drache bewegte seinen Kopf, um ihre Schulter sanft anzutupsen. „Was? Es gefällt dir, leugne es nicht! Hm, vielleicht muss ich mir das Ohrenkraulen für besondere Anlässe aufsparen."

Mit einem leisen Grunzen stand der Drache auf und ergriff sie mit seiner Vorderpfote um ihre Mitte. Obwohl der Drache sie leicht zerquetschen oder mit den großen, scharfen Krallen hätte aufspießen können, tat José ihr nicht weh. Sie wusste instinktiv, dass er das nie tun würde.

Als er sie mit einem großen, gelben Auge anstarrte, sagte sie: „Vielleicht kannst du eines Tages mit mir fliegen?" Der Drache begann, den Kopf zu schütteln, aber sie fügte hinzu: „Nachdem das Baby geboren ist, natürlich."

Josés Tier lächelte fast und nickte.

Aber dann wurde ihr klar, dass sich ihr Kind eines Tages in einen Drachen verwandeln würde. Wie sollte sie ein Kind großziehen, das seine Gestalt wandeln und davonfliegen konnte, ohne dass sie ihm folgen konnte?

Und was sonst würde sie ihrem Kind nicht beibringen oder ihm helfen können, da sie nur Mensch war?

Als spürte er ihre Stimmung, setzte der Drache sie ab, trat ein paar Schritte zurück, und binnen Sekunden war er wieder in Josés nackte menschliche Gestalt geschrumpft.

Er schloss sie in eine Umarmung und fragte: „Was ist los, Liebes? Sag es mir."

Auch wenn sie sich fester an seine Brust schmiegte, sagte sie: „Du hättest noch nicht zurückwandeln müssen."

„Ich kann jederzeit wandeln. Es ist nicht so eine nur Einmal-am-Tag-Sache." Er zog seinen Kopf zurück, bis er ihr in die Augen sehen konnte. „Deine Miene wurde gerade wachsam und ein bisschen traurig. Du sollst wissen, dass ein guter Drachengefährte nie zulassen würde, dass seine Frau unglücklich bleibt, wenn er es verhindern kann."

Ihre Stimmung hellte sich ein wenig auf. „Wer kann jetzt wen nach so kurzer Zeit so gut lesen?"

„Tori", knurrte er.

Wenn es etwas zwischen ihnen geben sollte – und Victoria hoffte, dass es so wäre – würde sie nichts zurückhalten. „Ich habe nur an unser Kind gedacht, das wandelt und mir davonfliegt. Wie soll ich ein solches Wesen großziehen? Ich kann es ja nicht fangen oder mit ihm am Himmel spielen."

Er legte seine Hand an ihre Wange und strich sanft mit dem Daumen darüber. „Es wird strategische Planung und Hilfe von anderen nötig sein, aber Menschen tun das mit Halbdrachenwandlerkindern überall auf der Welt. Genau wie Melanie Hall-MacLeod."

Die Autorin ihres geliebten Buches, die Tori allzu gern anrufen und mit Fragen bombardieren würde.

Nicht, dass sie das könnte. Die Frau war damit beschäftigt, Gesetze und die Wahrnehmungen von Drachen in ihrem eigenen Land und darüber hinaus zu ändern.

Vielleicht könnte Tori eines Tages jemanden näher an ihrem neuen Zuhause finden, jemanden, von dem sie lernen konnte. Ja, José würde immer da sein. Aber wenn es eine Menschenfrau gäbe, die gelernt hatte, mit Drachenwandlern zu leben, würde Tori gern mit ihr reden.

José drückte sanft ihren unteren Rücken, und sie antwortete: „Es ist albern, ich weiß. Du wirst bei all dem helfen."

„Nein, es ist nicht albern – es wird eine riesige Herausforderung, das leugne ich nicht. Aber meine Familie und ich sind da. Und wenn ich in Wes' Büro stürmen und verlangen muss, dass er jeden Clan in Flugdistanz kontaktiert, um einen Menschen zu finden, der mit einem Drachenwandler gepaart ist, damit du jemanden zum Reden hast, dann werde ich das tun."

Als sie die Entschlossenheit in Josés Augen sah, wusste sie, dass er es tatsächlich tun würde. Er war wirklich anders als jeder Mann, den sie je gekannt hatte.

Und wenn er so weitermachte, würde sie sich komplett in ihn verlieben, ohne auch nur eine peinliche Kindheitsgeschichte oder einen großen Makel zu kennen.

Kapitel Neun

Victoria überstand Cris' ausführlichen Vortrag über die Clan-Regeln, inklusive eines dicken Wälzers, den sie später durchlesen sollte, sowie Dr. Carters umfassende Fragen zu ihrer Gesundheit. Auch wenn sie beide nicht gut genug kannte, um zu beurteilen, ob sie sie nur duldeten oder tatsächlich mochten, behandelten sie sie zumindest respektvoll und nicht mit Verachtung – sie hatte online gelesen, dass einige Drachenwandler Menschen überhaupt nicht mochten –, was sie fürs Erste akzeptieren würde.

Nach beiden Terminen bestand José darauf, dass sie ein kurzes Nickerchen machte. Doch nun lief sie neben ihrem Drachenmann und versuchte, die Kraft aufzubringen, um für seine Familie nett und charmant zu sein.

Da Geselligkeit ihr nicht leichtfiel, musste Victoria sich anstrengen. Sie fragte sich immer, ob der Aufwand den emotionalen und mentalen Tribut wert war. Und in diesem Fall war es so. Nicht nur für ihr ungeborenes Kind, sondern auch für ihren Platz im Clan.

Zumindest das kurze Treffen mit seiner Schwester hatte Victoria Hoffnung gegeben, dass Josés Familie sie irgendwann akzeptieren würde.

Vielleicht.

José drückte sanft ihre Hand und sagte: „Alles wird gut, Liebes, du wirst sehen. Ein Drachenwandler, der seine wahre Gefährtin findet, ist hier in Pine-Rock eine große Sache, vor allem, da das in den letzten ein oder zwei Jahrzehnten selten war."

Sie sah ihn an. „Also meinst du, sie akzeptieren mich, auch wenn ich nur eine niedere Menschenfrau bin?"

Er grunzte. „Du bist nicht niedrig."

Sie hatte es halb im Scherz gesagt, aber sein Grunzen und seine Worte ließen sie ein wenig lächeln. „Danke. Aber was ich meinte, war, dass du nicht gerade begeistert gewirkt hast, als du den Ballsaal in South Lake Tahoe betreten hast. Ich hatte keine Ahnung, ob es daran lag, dass wir alle Menschen waren, oder an der Situation."

„Definitiv an der Situation. Ich habe das nur für meine Schwester gemacht." Er hob ihre Hand an seine Lippen und küsste ihren Handrücken. „Aber dann habe ich dich gesehen."

Ihr Bauch schlug Purzelbäume, auf die gute Art.

Sie hätte nie gedacht, dass ein Drachenmann romantisch sein könnte.

Doch sie wollte mehr wissen. Anstatt ihn zu küssen, fragte sie: „Hast du viel mit Menschen zu tun?"

Er zuckte mit den Schultern. „Mein Dad und ich arbeiten fast jeden Tag mit Menschen im Forstdienst. Also habe ich genug von ihnen kennengelernt. Nicht alle sind schlecht."

Da sie merkte, wie wenig sie über den Vater ihres Kindes wusste, nutzte sie die Gelegenheit, mehr zu erfahren. „Was machst du beim Forstdienst?"

Er zuckte mit den Schultern. „Hauptsächlich umgestürzte oder gefährdete Bäume wegräumen, Lawinen oder Erdrutsche beseitigen und nach Eindringlingen oder anderer krimineller Aktivität Ausschau halten."

„Und sie vertrauen dir und anderen Drachenwandlern, das zu machen?"

Er seufzte. „Hör nicht auf alle Gerüchte, Tori. In den meisten Gegenden, zumindest in den USA, arbeiten Drachen und Menschen für das Gemeinwohl zusammen. Wenn schon nicht aus anderen Gründen, hängt die Wirtschaft von der guten Beziehung zwischen beiden ab."

Vielleicht wäre die Akzeptanz durch den Clan nicht so schwierig, wie sie zuerst gedacht hatte. „Das wusste ich nicht. Drachenwandler dürfen nicht mal in die Nähe von Vegas oder der Vororte kommen.

Irgendwas davon, dass sie Touristen verscheuchen könnten."

Er schnaubte. „Hier haben wir das gegenteilige Problem – Touristen strömen nach Tahoe, um uns am Himmel fliegen, im See schwimmen oder einen Drachen auf einem Berggipfel sitzen zu sehen. Es gibt sogar Tourgruppen, die speziell auf Drachensichtungen ausgerichtet sind."

Sie blinzelte. „Echt?"

Er hob eine Braue. „Wie viel hast du über Tahoe und die Umgebung recherchiert, bevor du hergekommen bist?"

„Äh, nicht viel. Ich habe mich auf Drachenwandler im Allgemeinen konzentriert, nicht auf ein bestimmtes Gebiet. Wie ich schon sagte, dachte ich nicht, dass ich aus einer Menge von zweihundert ausgewählt werden würde."

Er hielt an, zog sie an sich und küsste sie zärtlich. „Du warst die Einzige, die ich in dem ganzen Raum wollte. Vergiss das nicht."

Als sie in seine Augen starrte, beschleunigte sich ihr Puls. Es wäre so leicht, einen solchen Mann zu lieben.

Nein. Es ist zu früh. Männer neigten dazu, die Flucht zu ergreifen, wenn eine Frau zu früh Gefühle erwähnte, zumindest ihrer Erfahrung nach. Sie musste es langsam angehen lassen.

Er küsste sie nochmal, bevor er eine Hand an ihren Rücken legte und sie sanft zum Weitergehen animierte. „Okay, da wir fast da sind, Zeit für ein

Quiz. Erinnerst du dich an die Namen meiner Familie?"

Sie straffte ihre Schultern. „Gaby, Maria und Jorge", sagte sie. „Mir Namen und Gesichter zu merken, ist eine meiner Spezialitäten. Ich werde das schaffen."

Er schmunzelte. „Dann lass uns sehen, ob das stimmt. Ich weiß nicht, wer alles aus meiner Familie hier sein wird, also gibt es vielleicht ein paar Überraschungen und eine Menge neuer Namen zu lernen."

Sie blinzelte. „Ich dachte, es wären nur deine Eltern und deine Schwester?"

„Das haben sie mir gesagt, aber das ist ungewöhnlich für ein Treffen bei ihnen. Der Großteil meiner Familie in PineRock findet immer einen Weg, vorbeizukommen. Darum denke ich, dass einige meiner Tanten, Onkel und Cousins heute ‚zufällig' auftauchen könnten, um dich zu treffen."

Victoria stöhnte dramatisch. Während ihre Familie klein war – nur sie und ihre Eltern – hatte sie über die Jahre Schüler mit großen Familien gehabt, die bei einem Schulspiel mehrere Reihen gefüllt hatten. Vielleicht war Josés Familie auch so, was bedeutete, dass es viel Energie kosten würde, die Nacht zu überstehen, ohne eine Ecke zum mentalen und emotionalen Aufladen zu suchen. „In dem Fall hätte ich vielleicht ein längeres Nickerchen machen sollen."

Er drückte ihre Taille. „Wenn du müde wirst, sag's mir einfach, und ich bringe uns so schnell wie möglich nach Hause. Falls du es noch nicht gemerkt hast, haben Drachenwandler einen ziemlich ausgeprägten Beschützerinstinkt, besonders, wenn es um unsere Familie geht. Beim ersten Anzeichen von Erschöpfung in deinem Gesicht wird sich die gesamte Santos-Familie um dich scharen, dich in ein Bett tragen und die Tür abschließen, draußen Wache stehen, bis du ihrer Meinung nach genug geruht hast."

Victoria war sich nicht ganz sicher, wie sie darauf reagieren sollte. Ihre Eltern hatten keine Geschwister, genau wie sie.

Selbst ihre Großeltern waren vor Jahren gestorben.

Die einzige andere Konstante in ihrem Leben war ihre beste Freundin, Sasha Wolfe. Und da Sasha drei Geschwister und tonnenweise Cousins hatte, würde ihre Freundin wahrscheinlich mehr Freude an einem großen, lebhaften Familienessen haben als Victoria.

Doch sie würde ihr Bestes geben. Um eine Zukunft mit José zu schaffen, würde sie es versuchen. Sie antwortete: „Ich werde dich wissen lassen, wenn ich gehen muss."

Als sie sich lauter Musik näherten, die aus einem der älteren, aber gepflegten Häuser in der Straße drang, hörte sie José seufzen. „Da drinnen sind definitiv mehr als nur meine Eltern und Gaby."

Sie blickte wieder zum Haus, wo sich mehrere

Schatten hinter den Vorhängen in den beleuchteten Fenstern bewegten.

Ihr Herz schlug schneller, und ihre Handflächen begannen zu schwitzen. Wie konnte sie bei so vielen Leuten einen guten Eindruck machen?

Kämpf für das, was du willst, Tori.

Sie atmete ein paarmal tief durch, bis ihr Herz sich etwas beruhigt hatte, dann sammelte sie all ihre Kraft und setzte ein Lächeln auf. Es war Zeit, so zu tun, als wären große Ansammlungen von Leuten kein Problem für sie.

José liebte seine Familie, aber in diesem Moment wollte er ein paar von ihnen umbringen.

Victoria hatte ihm gesagt, dass sie große Menschenmengen nicht mochte, und er hatte seine Eltern gebeten, klein anzufangen.

Doch seiner Familie zu sagen, nicht vorbeizukommen, war sinnlos. Verdammt, sie dachten wahrscheinlich, seine Familie sei anders, und Victoria würde gut klarkommen, da alle sie willkommen heißen wollten.

Sein innerer Drache schnaubte. *Sie sind anders. Sie werden sich Mühe geben, sie willkommen zu heißen.*

Trotzdem könnte das alles für unsere Menschenfrau überwältigend sein. In Zukunft muss ich noch mehr über unsere Gefährtin lernen, um solche Situationen zu vermeiden.

Ganz meine Meinung. Sein Drache hielt kurz inne, bevor er hinzufügte: *Wir könnten jetzt umdrehen, wenn sie will. Sag ihr das.*

Er sah Victoria an. „Wir könnten nach Hause gehen, und ich könnte meinen Eltern sagen, du bist noch erschöpft vom Rausch."

„Nein, nein, mach das nicht. Ich komme für eine Weile klar. Aber ich werde dich wissen lassen, wenn es zu viel wird, dann kannst du mich rausschmuggeln." Sie blickte misstrauisch zum Haus. „Falls das überhaupt möglich ist, angesichts der vielen Leute, die da drin sind, den Schatten in den Fenstern nach zu urteilen."

„Oh, ich finde einen Weg raus, Liebes. Das verspreche ich dir." Während er die Taille seiner Menschenfrau streichelte, versuchte er, sich vorzustellen, wie es für sie war. José hatte kein Problem mit Fremden oder Gruppen, auch wenn er beim ersten Treffen nicht gerade der charmanteste Mann war.

Drachenwandler hatten im Allgemeinen neugierige und eng vernetzte Gemeinschaften, aus Notwendigkeit und Tradition. Zu versuchen, sich fernzuhalten, war zwecklos, wie fast jeder Drache spätestens als Teenager lernte.

Victoria erwiderte seinen Blick mit einem Lächeln. „Ich werde mir einfach sagen, dass es nur

mehr Leute sind, die meine Fragen über Drachenwandler beantworten können."

Er schnaubte. „Dann leg los. Stell ein paar richtig
skandalöse Fragen. Ich würde eine Menge Geld
bezahlen, um die Reaktionen einiger meiner Tanten
und Onkel auf irgendwas Freizügiges oder sonstwie
Heikles zu sehen. Hm, vielleicht könntest du fragen,
wie instinktiv ihre inneren Drachen sind, besonders
beim Sex."

Sie errötete. „Vielleicht. Obwohl ich aufpassen
muss, nicht zu weit zu gehen, wenn ich einen guten
ersten Eindruck hinterlassen will."

Die Tatsache, dass seine Frau so sehr versuchte,
die Gunst seiner Familie zu gewinnen, brachte
Mann und Tier dazu, sich stolz aufzurichten. „Sie
werden dich lieben, warte nur ab." Sie näherten sich
dem hellgelben Haus, und José legte eine Hand auf
den Türgriff. „Und los geht's."

Als er die Tür öffnete, wurde die Musik noch
lauter. Es war immer ein wildes Gerangel, wer die
Playlist für die Familientreffen kontrollierte. Die
Regel war, dass derjenige, dessen Handy zuerst die
Verbindung zu den Lautsprechern hatte, für das
ganze Essen oder Treffen die Kontrolle darüber
hatte.

Und nach der spanischsprachigen Popmusik zu
urteilen, die aus den Lautsprechern dröhnte, hatte
seine Cousine Luna gewonnen. Wieder einmal.

Sein Drache kicherte. *Sie macht's, weil es die
Älteren nervt, aber vor allem Gaby.*

Ich weiß. Aber es wird langweilig. Ich kann mich nicht erinnern, wann jemand außer Luna oder meiner Schwester je die Playlist kontrolliert hat.

Kaum waren sie eingetreten, kam seine Mutter direkt auf sie zu, ein breites Lächeln im Gesicht.

Sie war nur etwas kleiner als José, was bedeutete, dass sie Victoria immer noch deutlich überragte. Seine Mutter nahm Victorias Schultern und zog sie in eine Umarmung. „Du musst Tori sein. Mein Sohn hat mir alles über dich erzählt!"

Er hatte ein genau fünfzehnminütiges Gespräch mit seiner Mom früher am Tag gehabt – Drachen riefen während des Rauschs niemanden an, also hatte er vorher keine Gelegenheit gehabt.

Aber egal, er hatte längst gelernt, seine Mom bei Kleinigkeiten nicht zu korrigieren, denn das könnte zu einer Diskussion ausarten, die den ganzen Abend andauerte.

Seine Mutter zog sich zurück und musterte Victoria. „Aber er hat nicht erwähnt, wie dünn du bist. Komm, ich habe einen Tisch voller Essen, aus dem du auswählen kannst. Mit ein bisschen Arbeit kriegen wir dich schön rund und gesund für das Baby."

Er stöhnte. „Mom."

Seine Mutter hob die Brauen. „Sie ist ein Mensch, José. Das kleine Drachenbaby wird die meisten ihrer Kalorien stehlen, wenn sie nicht aufpasst. Also ja, sie muss ein bisschen zunehmen."

Er sah Victoria an. Angesichts der Belustigung in

ihren Augen ließ seine Verärgerung etwas nach. Schließlich war Kochen für seine Mutter gleichbedeutend mit Liebe, und sie wollte, dass jeder sie bekam.

Die Reaktion seiner Gefährtin bedeutete auch, dass sie nicht leicht beleidigt war, was den Abend – und das Einleben in seine Familie – umso leichter machen sollte.

Sein Drache murmelte: *Mom wird Tori guttun, nein, alle.*

Gelächter brach in einem der nahegelegenen Räume aus, und seine Mutter blickte über ihre Schulter. „Wenn wir uns nicht beeilen, werden meine Brüder in den nächsten zwanzig Minuten die Hälfte des Buffets leer futtern, und der Rest geht an meine Nichten und Neffen. Da jeder was zum Essen mitgebracht hat, hast du die freie Auswahl. Je mehr du isst, desto leichter finden wir heraus, was du magst."

Victoria blinzelte. „Was ich mag?"

„Natürlich, Tori. In unserem Haus wechseln wir zwischen den Lieblingsessen aller ab." Seine Mutter runzelte die Stirn. „Normalerweise dauert es, bis alle mal dran waren, aber wir rücken dich an die Spitze der Liste. Schließlich bekomme ich nicht jeden Tag eine neue Tochter und ein Enkelkind auf dem Weg."

Als Victoria fassungslos blinzelte und zweifellos versuchte, mit dieser Bemerkung umzugehen, griff José ein. „Mom, Tori ist gerade erst angekommen.

Lass uns deinen Lebensmasterplan ein bisschen zurückstellen, okay?"

Seine Mutter winkte ab. „Ich habe keinen Lebensmasterplan."

Doch, den hatte sie – sie hatte definitiv einen. Er beinhaltete ein Dutzend Enkelkinder und ihre gesamte erweiterte Familie, die aus Kalifornien, Arizona und Mexiko hierherzog.

Mit Victoria und dem ersten Enkelkind würde seine Mom wahrscheinlich auch einen Weg finden, die Familie der Menschenfrau nach PineRock zu bringen.

Er wechselte das Thema, um seine Gefährtin nicht zu verschrecken. „Könntest du dich zumindest meiner Menschenfrau vorstellen, bevor du sie in die Küche zerrst?"

Er starrte seine Mom schweigend an und flehte sie an, Victoria nicht aufzufordern, sie Mom zu nennen. Noch nicht.

Seine Mom lächelte seine Frau an. „Ich bin Maria. So, Vorstellungen erledigt. Komm, ich stelle dir meinen Mann, Jorge, vor, nachdem du gegessen hast." Sie beugte sich näher. „Der Rest der Familie wird auch versuchen, ein paar Worte mit dir zu wechseln, aber lass mich das regeln. Ich bin sehr gut darin, sie abzulenken, falls es nötig wird."

Seine Mutter, die Meistermanipulatorin.

Zu schade, dass es stimmte, zumindest innerhalb ihrer Familie.

Er wollte Victorias Hand nehmen, aber seine

Mutter schob sich dazwischen. „Du hattest sie Wochen für dich allein. Jetzt kann ich sie ein oder zwei Stunden haben."

Er war versucht zu knurren, aber Victoria lächelte ihn an. „Schon gut, José. Es wird leichter sein, die Fragen zu stellen, die du erwähnt hast, ohne dass du mir ständig über die Schulter schaust."

Seine Mom blickte zwischen ihnen hin und her. „Welche Fragen?"

Er ignorierte sie. „Bist du sicher?"

Victoria nickte. „Ich komme schon für eine Weile klar."

José war hin- und hergerissen. Ein Drachen-wandler mochte es nicht, seine Gefährtin alleinzulas-sen, besonders in den frühen Tagen nach einem Rausch. Wenn irgendwas schiefging und sie einen Arzt brauchte, wollte er da sein, um dafür zu sorgen, dass sie Hilfe bekam.

Sein Tier grunzte. *Aber das ist unsere Familie. Sie würden ihr nie wehtun, und wir würden ihnen ihr und unser Leben anvertrauen.*

Da hast du wahrscheinlich recht, murmelte er.

Er beugte sich vor und küsste Victorias Wange. „Ich gebe dir fünfzehn oder zwanzig Minuten, dann komme ich dich finden."

Bevor seine Gefährtin mehr sagen konnte, führte seine Mutter sie weg und begann zu plaudern.

Seine Schwester tauchte sofort an seiner Seite auf, fast, als hätte sie abgewartet, um mit ihm zu reden. „Es ist wahrscheinlich besser so – dass Mom die Vorstellungen übernimmt, nicht du."

Er blickte zu Gaby. „Und wirst du das Gleiche sagen, wenn du deinen Typen nach der Lotterie mitbringst?"

Seine Schwester runzelte die Stirn. „Falls ich so viel Glück habe."

Die Lotterie-Verträge waren für weibliche Drachen etwas anders. Sie verbrachten nur ein paar Tage im Monat – während ihrer fruchtbarsten Zeit – mit den menschlichen Männern, und nach drei Monaten, wenn sie nicht schwanger wurde, musste der menschliche Mann die Drachenwandlerin nicht wiedersehen.

José wusste weder, warum die Regeln anders waren, noch verstand er wirklich, warum seine Schwester überhaupt teilgenommen hatte. Lange hatte sie klargestellt, dass sie nicht bereit für Kinder oder einen Gefährten war.

Und doch hatte sie sich für die Lotterie angemeldet und ihn fast angefleht, mitzumachen.

Wochenlanges Nachhaken hatte ihm keine Antworten gebracht, also würde er keine Zeit damit verschwenden, es nochmal anzusprechen. Stattdessen stieß er sanft mit seiner Schulter gegen ihren Arm. „Nun, zu Ehren des ersten Abendessens meiner Frau denke ich, dass heute Abend definitiv nach einer Übernahme der Musik von Luna verlangt, meinst du nicht?"

Gabys Augen leuchteten vor Vorfreude. „Oh,

definitiv. Vielleicht lernt Luna eines Tages, weniger nervige Musik zu spielen. Es wäre nicht so schlimm, wenn sie nicht jedes verdammte Mal dieselben fünfzehn Songs spielen würde."

„Dann geh du voran, kleine Schwester. Du kennst Lunas Kopf besser als ich, was bedeutet, dass du wahrscheinlich weißt, wo sie ihr Handy versteckt hat."

„Ich habe da ein paar Ideen, obwohl sie immer neue Verstecke findet." Gaby rieb sich erwartungsvoll die Hände. „Lass uns das machen."

Als er seiner Schwester folgte, um das geheime Versteck von Lunas Handy zu finden, kehrten seine Gedanken zu Victoria zurück. Seine Gefährtin war mutig, aber er hoffte, sie würde keine Panikattacke bekommen. Die erweiterte Santos-Familie war, gelinde gesagt, bunt.

Sein Drache schnaubte. *Vertrau auf Mom.*

In jeder anderen Situation würde er das sofort. Doch sein neu erwachter Beschützerinstinkt war schwer abzuschütteln.

Dann ging Gaby schneller, und er verdrängte die Gedanken vorübergehend. Er würde seine Gefährtin bald genug wiederfinden. Und für den Moment konnte er daran arbeiten, die Musik auf etwas zu ändern, das Victoria zumindest verstehen konnte.

Victoria wartete darauf, dass Panik einsetzte. Sie hatte früh, bei ihrer ersten Kindergartenaufführung in der Grundschule, gelernt, dass sie es nicht mochte, von Fremden umgeben zu sein. Die Wände schlossen sich um sie, sie konnte nicht atmen, und schließlich erstarrte sie. Mit der Zeit hatte sie erkannt, dass es nicht nur Lampenfieber war, sondern etwas, das in jeder Situation mit vielen anderen Leuten passierte.

Die Teilnahme an der Drachenlotterie war stressig und schwierig gewesen, aber ihr Wunsch, einen Drachenwandler aus der Nähe zu sehen, war stärker gewesen als die Angst vor einer möglichen späteren Panik. Und indem sie sich in dem riesigen Ballsaal auf José konzentriert hatte, hatte sie weitgehend die Ruhe bewahrt und die Menge ausgeblendet.

Doch als Josés Mutter einen Verwandten nach dem anderen vorstellte, raste ihr Herz nicht, und sie konnte immer noch leicht atmen. Vielleicht war es anders, weil es Drachenwandler und keine Menschen waren?

Maria schob sie schließlich in eine große Küche, die mit einem Esszimmer verbunden war. Während der eigentliche Kochbereich nicht sehr groß war, gab es einen riesigen Tisch direkt dahinter im Essbereich. Neben dem langen Holztisch standen auch Klapptische an der Wand, beladen mit noch mehr Essen, als sie je irgendwo gesehen hatte, außer vielleicht in einem Buffet-Restaurant.

Es gab alles von Pizza über Tamales bis hin zu Tellern mit Obst, und ihr Magen knurrte laut genug, um über die Musik hinweg gehört zu werden.

Maria schnalzte mit der Zunge. „Beeilen wir uns, und besorgen wir dir und dem Baby was zu essen, Tori. Sie werden mir das ewig vorhalten, wenn jemand anderes deinen Magen knurren hört – vor allem José!"

Sie nahm einen Teller, betrachtete die Auswahl und versuchte zu entscheiden, was sie essen wollte. Nach ein paar Sekunden fragte Maria: „Magst du nichts von dem hier?"

Victoria blickte zu Maria. „Nein, nein, das ist es nicht. Ich nehme mir nur Zeit, um zu wählen, was ich will."

Sie grinste. „Mach das hier, und du isst vielleicht nie wieder."

Ein älterer Mann, der José sehr ähnelte, jedoch mit silbernen Strähnen in seinem dunklen Haar, kam zu Maria und legte einen Arm um ihre Schultern. Ein Drachen-Tattoo spähte unter seinem kurzärmeligen Shirt hervor. „Einige von uns haben Manieren, im Gegensatz zu deiner Familie, Maria."

Sie verdrehte die Augen und deutete auf den Mann. „Das ist mein Gefährte und Josés Dad, Jorge."

Jorge nickte ihr zu. „Meine Gefährtin liegt nicht ganz falsch. Wenn du zu lange brauchst, um dir was zu nehmen, ist nichts mehr da. Drachenwandler essen viel – man verbrennt Unmengen von Kalorien beim Fliegen – und es scheint nie genug Essen zu geben. Alle halten sich jetzt zurück, aber sobald du nicht mehr schwanger bist, wirst du sehen, wovon ich spreche."

Josés Eltern sprachen beide so beiläufig von ihrer Schwangerschaft, auch wenn es für sie selbst noch nicht ganz real war.

Zum ersten Mal fragte sie sich, ob Josés Familie sie so leicht akzeptiert hätte, wenn sie nicht schwanger gewesen wäre.

Die Musik wechselte plötzlich zu 90er-Jahre-Rock, und eine Frau schrie irgendwo: „Das bedeutet Krieg, Gaby!"

„Und die Mädchen legen wieder los", schnaubte Jorge. „Jetzt, wo sie in ihren Zwanzigern sind, könnte man meinen, sie wären etwas erwachsen und hätten ihre albernen Musikschlachten hinter sich."

Das stimmte – Drachenwandler erreichten die volle Reife mit zwanzig. Was natürlich mehr Fragen aufwarf. Um sich von dem Baby-Gerede abzulenken, platzte sie heraus: „Also, wenn ein Drache erst mit zwanzig als volljährig gilt, wie funktioniert das genau? Gelten menschliche Gesetze für sie außerhalb des Clan-Geländes nicht?"

„Doch, das schon. Wir haben keine Wahl, als sie zu befolgen, egal, wie dumm sie sind", knurrte Jorge.

Maria seufzte. „Fang das Thema mit ihm besser erst gar nicht an. Es gibt keinen großen Unterschied für die unter zwanzig, wenn es um menschliche und Drachengesetze geht. Das einzig Wichtige ist, dass Clans vor zwanzig keine Paarungen – unser Äquivalent zu Ehen – erlauben, da ein männlicher Drachenwandler erst dann seine wahre Gefährtin erkennen kann. Einige unserer Art paaren sich, ohne sie zu finden, aber niemand will riskieren, dass die Jüngeren eine vorschnelle Entscheidung bereuen, weil sie sich mit achtzehn oder neunzehn gepaart haben."

Sie kannte Josés Eltern kaum, doch sie konnte nicht anders, als zu fragen: „Besuchen irgendwelche Drachen aus PineRock die umliegenden menschlichen Städte, um nach ihren Gefährtinnen zu suchen?"

Jorge schüttelte den Kopf. „Nicht in letzter Zeit, obwohl ich vermute, dass Wes das ändern will." Jorge hielt inne, als das Lied fröhlicher wurde und lächelte. „Aber dieses Gespräch ist zu ernst für ein Familienessen. Nimm dir was zu essen, Tori, oder mein Sohn wird anfangen, zu knurren und uns böse Blicke zuzuwerfen, weil wir nicht auf dich aufgepasst haben."

Während sie ihren Teller belud, war sie hin- und hergerissen wegen Josés möglicher Reaktion. Einerseits mochte sie, dass er sich um sie kümmern wollte. Andererseits fragte sie sich, ob es bedeutete, dass sie nie wieder echte Freiheit erleben würde.

Oder zumindest so viel Freiheit, wie eine mit einem Drachenwandler gepaarte Menschenfrau haben konnte.

„Tori."

Als sie aufblickte, begegnete sie Josés Blick, und alles andere verblasste. Die Wärme und pure Freude, ihn zu sehen, ließen ihr Herz einen Schlag lang aussetzen.

Sobald er an ihrer Seite war und ihren unteren Rücken berührte, überkam sie ein Gefühl von Frieden.

Hm, vielleicht passiert das zwischen wahren Gefährten – alles war einfach leichter.

Im nächsten Moment stürmte Gaby vorbei, zur Hintertür hinaus, und eine andere Frau in ihrem Alter rannte ihr nach. José schnaubte. „Der Großteil meiner Familie benimmt sich. Die zwei geben dir einen kleinen Eindruck, wie es ist, wenn nicht alle ihr Bestes geben."

Sie blickte zu José auf. „Ich freue mich auf den Tag, an dem nicht alle ihr Bestes geben."

Er und seine Eltern lachten, aber José antwortete: „Ich fürchte, du könntest diese Worte eines Tages bereuen, Liebes."

Als sie sich an Josés Seite lehnte und eine Gabel voll Reis aß, dachte sie nicht, dass es je so sein würde.

Kapitel Zehn

Die nächsten Wochen vergingen wie im Flug. Victoria verbrachte die meiste Zeit in der Hütte mit José oder bei seinen Eltern, mit ein paar Besuchen beim Arzt und der Kommandantin der Beschützer, wenn nötig.

Alles war zu schön, um wahr zu sein, und in vielerlei Hinsicht wie ein Traum. Sie hatte einen Mann, der neugierig auf sie war, jedes kleine Detail wissen wollte und sie mehr verwöhnte, als sie je in ihrem Leben verwöhnt worden war. Ganz zu schweigen davon, dass sie bei einem Clan von verdammten Drachenwandlern lebte, und einen Drachen zu beobachten, der sich in die Luft schwang, würde für sie nie langweilig werden.

Und doch wartete sie mit jedem Tag, der verging. Etwas musste passieren, weil alles zu verdammt perfekt war.

Eines Morgens machte sie sich im Bad fertig, als

sie Glas zersplittern hörte, irgendwo vorn in der Hütte. Und es klang mehr als nur etwas, das von einem Regal fiel – es war, als hätte jemand einen Vorschlaghammer gegen ein Fenster oder eine ganze Kiste Geschirr geschwungen.

Sie unterdrückte einen Schrei und überlegte, was zu tun war. Sie hatte ihr Handy nicht dabei, das kleine Fenster im Bad war nicht groß genug, um hinauszuklettern, und es war nicht so, als könnte sie etwas ausrichten, da sie weder in Selbstverteidigung noch im Umgang mit Waffen geschult war.

Etwas, das sie nach heute ändern würde.

Also drehte sie die Dusche ab, trocknete sich ab und zog sich in Rekordzeit an, bevor sie sich bei verriegelter Tür auf den Boden setzte und lauschte. Doch sie hörte nichts sonst zerbrechen und auch keine Schritte im Flur.

Trotzdem wollte sie nicht riskieren, dass jemand auf der Lauer lag. Angesichts ihrer Liebe zu Büchern spulte ihre Fantasie ein Szenario nach dem anderen ab, keines davon angenehm.

Ihre beste Option war, etwas zu finden, das sie als Waffe benutzen konnte – nur als letzten Ausweg – und zu warten, bis José nach Hause kam.

Mit einer langstieligen, borstigen Bürste, die sie zum Peeling benutzte, saß sie am Boden und blieb wachsam. Nach einer Weile schmerzte ihr Po vom harten Fliesenboden, und ihr Magen knurrte, um sie zu ermahnen, dass es wieder Zeit zu essen war.

Selbst bei möglicher Gefahr wollte ihr kleines Drachenbaby essen.

Wenigstens das war unverändert, und es half, ihre Panik zu dämpfen. Wenn schon nichts sonst, würde niemand sie körperlich verletzen, zumindest bis das Baby geboren war. Das hatte sie aus ihrem täglichen Unterricht gelernt – Drachenwandler schätzten Kinder.

Doch als die Minuten verstrichen, begann sie, über alles nachzudenken, was sie ungesagt gelassen hatte. Besonders, dass sie José nicht gesagt hatte, wie viel er ihr bedeutete.

Was hieß, dass sie, sobald sie ihn das nächste Mal sah, einen Weg finden musste, es ihm zu sagen.

Schließlich hörte sie ein Brüllen, und Josés Stimme hallte durchs Haus. „Tori! Wo bist du?"

Sie stand auf und brauchte eine Sekunde, um das Gleichgewicht zu finden. Die Nadelstiche ihrer eingeschlafenen Füßen ignorierend, schloss sie die Tür auf. „José?"

Er war in wenigen Sekunden da, hielt sie an den Armen ein Stück von sich weg und suchte nach Verletzungen. „Bist du okay? Bist du irgendwo verletzt?"

Victoria war so lange stark geblieben, wie sie konnte, aber schließlich rannen Tränen ihre Wangen hinab. „I-ich bin okay, aber ich hab Glas splittern gehört. Nicht wie ein Glas, das runterfällt, sondern als wäre eine ganze Kiste gefallen."

Er zog sie an seine Brust und streichelte sanft

ihren Rücken. „Lass mich dich erst beruhigen, Liebes. Dann erzähle ich dir, was ich gesehen habe."

Sie schloss die Augen, lehnte sich an seine Brust und atmete seinen vertrauten Duft nach Kiefern, Erde und Moschus ein, der einzigartig José war. „Du hast heute wieder Bäume geräumt, oder?"

„Ja, aber das ist unwichtig." Er küsste ihren Scheitel. „Ab heute nehme ich mir mehr frei."

Für ein paar Momente ließ sie die Stille zu und sog seine Stärke in sich auf. Dann holte sie tief Luft und hob den Kopf. „Sag mir, was passiert ist."

Er knurrte. „Jemand hat die vorderen Fenster eingeworfen und dann Steine mit Nachrichten ins Haus geworfen. Sie haben auch eine Nachricht an die Haustür geschmiert."

Sie hatte das Gefühl, die Nachricht zu kennen, musste es aber hören. „Was steht da?"

„Geh nach Hause, Mensch. Du bist hier nicht willkommen."

Seinen Blick suchend, fragte sie: „Ist das die tatsächliche Nachricht oder eine zensierte Fassung?"

„Das ist die Nachricht an der Tür, obwohl ich die an den Steinen noch nicht gelesen habe. Ich dachte, Cris sollte sie zuerst sehen."

Sie legte ihren Kopf zurück an seine Brust. „Ich wusste, dass bisher alles zu glattgelaufen ist."

„Mach dir keine Sorgen, Wes wird das regeln." Er hielt inne und sagte dann: „Ich war nicht hier, um dich zu beschützen. Tut mir leid, Liebes. Das passiert nicht wieder."

Sie schüttelte den Kopf. „Du kannst mich nicht jede Sekunde jedes Tages bewachen, José. Außerdem mögen Drachenwandler Stärke und Standhaftigkeit. Ich muss lernen, mich selbst zu schützen, und mit mehr Leuten als nur deiner Familie, dem Doc, Cris und meinem Tutor interagieren."

Er knurrte. „Nicht, bis diese Sache geklärt ist. Auf keinen Fall lasse ich dich durch die Gegend laufen, möglicherweise direkt an jemandem vorbei, der dir wehtun will."

Sie begegnete wieder seinem Blick, ihre Tränen schnell getrocknet. „Und ich bin kein Idiot, José. Ich bin im Bad geblieben, weil ich wusste, dass es dumm wär, rauszukommen und einen Eindringling allein zu stellen. Aber ich muss lernen, mich zu verteidigen. Und bevor du das Baby erwähnst: Dr. Carter hat bestätigt, dass alles gut läuft. Ich werde nicht an ein paar Grundübungen zerbrechen, vor allem nicht so früh in der Schwangerschaft."

„Wir werden sehen. Jetzt müssen wir mit Cris und Wes reden und ihnen berichten, was passiert ist."

Er hob sie in seine Arme, und sie quietschte. „Ich kann laufen, José. Es lässt mich nur schwächer aussehen, wenn du mich trägst!"

„Darum lass ich nicht mit mir reden, Liebes. Und es ist keine Schwäche, sondern eine Botschaft, dass, wenn jemand dich bedroht, er mich und meine ganze Familie bedroht. Und sie wissen, dass wir die Unseren schützen."

Als seine Pupillen blitzten, glaubte sie ihm.

Um nicht seinen sowieso schon wütenden Drachen zu reizen, lehnte sie sich an ihren Mann, sog seine Wärme und seinen Duft in sich auf und versuchte, nicht zu keuchen angesichts der Schäden im Wohnzimmer. Die Fenster waren zerbrochen, und die Steine waren keine kleinen Kiesel, sondern große Brocken, die sie wahrscheinlich nicht einmal hochheben konnte. Sie hatten die meisten Möbel im Raum zertrümmert und sogar ein Loch in eine Wand geschlagen.

Wenn sie in diesem Raum gewesen wäre, hätten sie sie töten können.

So viel dazu, dass Drachenwandler Kinder schätzten. Jemandes Hass auf sie war stärker als der Schutz ihres ungeborenen Kindes.

Victoria schluckte, und José bahnte sich einen Weg durch die Scherben und grunzte. „Verstehst du jetzt, in welcher Gefahr du warst? Wenn sie dich getötet hätten ..." Er brach ab, seine Augen blitzten noch schneller, bis er mit heiserer Stimme fortfuhr: „Das verstößt gegen mehr als ein Clan-Gesetz. Und ich werde nicht ruhen, bis wir herausgefunden haben, wer das war."

Wut brodelte in José. Er wollte Victoria bei seinen Eltern absetzen und die Scheißkerle finden, die es gewagt hatten, seine Frau zu bedrohen.

In dem Moment, als er die Hütte gesehen hatte, hatte sein Herz ausgesetzt. Es war ihm klar geworden, dass Victoria mehr als nur seine wahre Gefährtin oder die Mutter seines Kindes war. Sie war die Liebe seines Lebens, und der Gedanke, ihr lächelndes Gesicht nie wieder zu sehen oder nie wieder von ihr geneckt zu werden, hatte ein riesiges, klaffendes Loch in sein Herz gerissen.

Doch während er sie fest an seine Brust drückte und Augen und Ohren nach weiteren Angreifern offen hielt, wusste er, dass jetzt nicht die Zeit war, mit ihr über seine Gefühle zu sprechen. Zuerst musste er ihre Sicherheit gewährleisten.

Sein innerer Drache meldete sich. *Wir müssen tun, was sie verlangt, und sie trainieren lassen.*

Ich weiß. Aber wenn Wes dem Clan nicht klarmacht, dass das inakzeptabel und gegen unsere Gesetze ist, nützen ein paar Selbstverteidigungsstunden nichts.

Wes wird einen Weg finden, sie zu schützen.

José wünschte, er wäre genauso zuversichtlich. Wes war seit etwa drei Jahren der Clanführer hier und hatte noch keine echten Prüfungen seiner Führung erlebt.

Nicht, dass Wes schwach war oder seinen Platz nicht verdient hätte. Schließlich unterzog das ADDA alle Clanführer-Kandidaten schwierigen Prüfungen und ausgiebigen Interviews. Nur die Besten konnten eine Gruppe von Drachen in Schach halten und gleichzeitig diplomatisch genug sein, um mit dem *American Department of Dragon Affairs* zu arbeiten.

Doch zusätzlich zu dem, was heute passiert war, war seine Schwester im Begriff, einen menschlichen Mann auszuwählen und möglicherweise einen weiteren Menschen nach PineRock zu bringen. Wes musste den Zwist und die Gewalt schnell aus der Welt schaffen.

Als José auf das Sicherheitsgebäude zuging, blieb Victoria die ganze Zeit still, und es brach ihm das Herz. Sie neckte ihn immer, wenn sie allein waren, oder stellte Fragen über seine Art.

Die Stille sagte ihm, dass seine mutige Menschenfrau Angst hatte. Was ihn dazu brachte, sie noch fester an seinen Körper zu drücken.

Als er das Hauptquartier der Beschützer erreichte, bemerkte er das Auto davor. Scheiße! Zweifellos war Ashley Swift hier, um nach Victoria zu sehen.

Er murmelte seiner Gefährtin zu: „Wir könnten ein Problem haben, Liebes. Ich glaube, Ashley ist hier."

Sie blickte zu ihm auf. „Gibt's keinen Hintereingang ins Gebäude? Ich bin sicher, Wes kann mein Treffen mit ihr verschieben, selbst wenn er lügen muss und sagt, ich leide unter extremer Übelkeit oder so."

„Nachdem du bisher keine hattest und sie das weiß, würde das nur alle Alarmglocken schrillen lassen. Diese Menschenfrau ist zu scharfsinnig."

„Uns wird schon was einfallen."

Mit einem zustimmenden Grunzen ging José zur Rückseite des Gebäudes und die Treppe hoch zu Cris' Büro. Er hämmerte mit dem Fuß gegen die Tür, während er Victorias Protest, sie endlich abzusetzen, ignorierte, bis die Kommandantin der Beschützer öffnete. Sie blickte zwischen José und Victoria hin und her. „Was ist los?"

„Lass uns erst rein."

Cris trat zurück, und als sie im Raum waren, schloss und verriegelte sie die Tür. Alle wussten, dass ihr Büro schalldicht war und vor Abhörgeräten oder Kameras geschützt, also kam José direkt zur Sache: „Jemand hat unser Haus angegriffen und hätte Tori töten können."

Cris' Pupillen blitzten. „Was? Setzt euch und erzählt mir alle Details. Lasst nichts aus."

José ließ sich in einen der zwei Sessel vor Cris' Schreibtisch sinken. Während er Victoria auf seinem Schoß hielt, berichtete er von den Schäden und der Botschaft an der Tür – die Nachrichten an den Steinen hatte er nicht gelesen, da er den Tatort für die Beschützer unberührt lassen wollte. Als er fertig war, fluchte Cris und sagte: „Die Tatsache, dass niemand den Vorfall bei mir gemeldet hat, obwohl eure Hütte in einem dicht besiedelten Gebiet liegt, beunruhigt mich mehr als alles andere."

Er hatte dasselbe gedacht. „Wes muss es erfahren, und dann musst du mir sagen, wie du meine Gefährtin schützen wirst."

Trotz der Stärke, die sie sonst projizierte, und ihrer fast arroganten Art wurde Cris' Blick auf Victoria sanfter und entschuldigend. „Es tut mir leid, dass das passiert ist. Ich schwöre, ich hatte keine Ahnung und würde nie zulassen, dass jemand dich tötet."

Victoria nickte. „Ich weiß. Du bist mir gegenüber weicher geworden."

Cris verdrehte die Augen. „Übertreib's nicht, Menschenfrau."

Als seine Gefährtin lächelte, beruhigten sich Mann und Tier ein wenig. Wenigstens hatte sie weniger Angst als vor fünfzehn Minuten. „Was wirst du tun, Cris?", wollte er wissen.

„Ich werde die Dominanz in deiner Stimme diesmal ignorieren – angesichts der Umstände. Ihr zwei bleibt hier, und ich werde meinen Stellvertreter direkt vor der Tür postieren. Ich weiß, es ist schwer zu warten – besonders, wenn dein Drache vermutlich Köpfe fordert, José –, aber ihr müsst hierbleiben, während Wes und ich herausfinden, was zu tun ist."

Sein Drache knurrte. *Natürlich will ich die Bastarde schnappen, aber ich lasse Tori nicht allein, bis sie wieder ruhig ist, geschweige denn sicher.*

Ganz meine Meinung. José antwortete Cris: „Wir folgen deinen Befehlen, aber ich denke, es wär gut, wenn Dr. Carter Tori untersuchen könnte, nur zur Sicherheit."

Victoria versuchte nicht abzulenken, sondern

nickte nur. „Ich weiß, das wird deinen Drachen beruhigen, also ist das eine gute Idee."

Er blinzelte. Seine Frau war angegriffen worden, hätte getötet werden können, und sie sorgte sich um ihn und seinen inneren Drachen?

Er liebte sie so verdammt sehr, dass es wehtat.

Und nach heute würde er es nicht mehr verbergen.

Cris murmelte: „Ich lasse euch zwei jetzt allein", und verließ das Büro.

José bemerkte kaum, dass sie ging, legte eine Hand an José Victorias Wange und drehte ihren Kopf, bis ihr Blick seinen traf. Er sagte sanft: „Ich weiß, es ist nicht der Moment, aber ich muss es dir jetzt sagen, Tori. Ich liebe dich. Der Gedanke, dich zu verlieren – weder mein Drache noch ich könnten das ertragen."

Sie hob eine Hand an seinen Kiefer und suchte seine Augen. „Ich liebe dich auch schon eine Weile, José Santos. Ich wollte dich nur nicht verschrecken."

Er war sanft, doch er zog sie mit der anderen Hand um ihre Taille fester an sich. „Nichts, was du tun könntest, außer mich zu töten, würde mich von deiner Seite vertreiben."

„Darüber macht man keine Witze."

„Sorry, Liebes. Aber es fällt mir schwer, nicht da draußen zu sein und Vergeltung zu suchen für das, was dir angetan wurde." Er lehnte seine Stirn an ihre. „Aber ich schwöre dir, dass dieser Drachenmann nirgendwo hingeht. Du bist meine Frau, und ich liebe dich mit allem, was ich hab."

Sie küsste ihn. Zuerst waren ihre Lippen sanft gegen seine, aber sobald er seine Zunge in ihren Mund bekam, wurde er leidenschaftlich. Er musste sie schmecken, fühlen, Mann und Tier daran erinnern, dass seine Gefährtin lebte und in seinen Armen war.

Und während sie zu küssen seine Seele ein wenig beruhigte, wünschte er sich, er könnte sie richtig beanspruchen, jeden Bogen und jedes Tal ihres wunderschönen Körpers von Neuem erkunden.

Doch Vibrationen von der Tür – ein Zeichen, dass jemand klopfte – hinderten ihn daran, weiterzumachen. Er wollte fast bellen, dass sie verschwinden sollten, erinnerte sich dann aber, dass sie sie nicht hören konnten.

Victoria murmelte: „Es ist wahrscheinlich besser so. Wir können später feiern, wenn wir allein und sicher sind."

Er strich ein paar Haarsträhnen aus ihrem Gesicht. „Dann sage ich dir bis dahin einfach weiter, wie sehr ich dich liebe."

Ihre Wangen röteten sich. „Du bist ganz schön romantisch, José Santos. Deine Worte lassen meinen Bauch jedes Mal Purzelbäume schlagen."

Er stahl sich einen schnellen, rauen Kuss und sagte: „Ich liebe dich, Victoria Lewis."

Diesmal klingelte es an der Tür, eine Erinnerung, dass jemand draußen war. Sie streichelte seine

Wange und manövrierte sich von seinem Schoß. „Das ist wahrscheinlich Dr. Carter."

Nachdem er durch den Spion gespäht und bestätigt hatte, dass er es war, ließ er den Arzt rein.

Während Victoria die Fragen des Arztes beantwortete und alles tat, was er verlangte, wanderte ihr Blick immer wieder zu José. Angesichts der Liebe und des Verlangens dort konnte er den Drang, die Bastarde zu finden, die sie fast verletzt hätten, besser unterdrücken.

Sein Drache meldete sich. *Sie werden zahlen, so oder so.*

Das hoffe ich, Drache. Das hoffe ich.

Aber für den Moment war sein Job, bei seiner Gefährtin zu bleiben. Er vertraute darauf, dass Wes und Cris die Schuldigen finden würden.

Kapitel Elf

Seit Wes Dalton Clanführer geworden war, hatte er auf seine erste echte Prüfung gewartet. Und natürlich kam ein Unglück selten allein.

Als Cris ihm erzählt hatte, was mit Josés und Victorias Hütte passiert war, und ihn dann mit der ADDA-Mitarbeiterin allein ließ, knurrte sein Drache. *Wir sollten bei Cris sein, nicht uns mit ihr rumschlagen.*

Je schneller wir Ashley loswerden, ohne Verdacht zu erregen, desto eher können wir Cris helfen, die Schuldigen im Clan zu finden.

Sein Tier grunzte. *Dann sag der Menschenfrau einfach, sie soll verschwinden und später wiederkommen. Ihre Anwesenheit macht es nur schwerer, die Anziehung zu überwinden.*

Ja, die Anziehung der wahren Gefährtin. Diese

Frau wusste nicht, dass sie seine wahre Gefährtin war, aber er wusste es verdammt genau.

Bis Victoria nach PineRock gekommen war, hatte er Ashley Swift mehr als drei Jahre nicht gesehen. Er hatte geglaubt, das wäre vielleicht genug Zeit, um das ständige Bedürfnis, sie zu küssen, verschwinden zu lassen. Manchen Drachenwandlern gelang es mit genug Zeit, darüber hinwegzukommen.

Ihm nicht.

Natürlich bemerkten Mann und Tier immer noch, wie verdammt schön sie war, liebten ihr dunkles Haar und ihren kurvigen, hochgewachsenen Körper. Doch ihre Position beim ADDA und das Gesetz, das ADDA-Mitarbeitern verbot, mit Drachenwandlern zu ficken – oder sich gar zu paaren – hatten sich nicht geändert. Er konnte sie nicht haben, oder er riskierte seinen Clan und all das Wohlwollen, das sie sich in den letzten Jahren erarbeitet hatten.

Also hatte er sich ferngehalten. Selbst sein innerer Drache hatte akzeptiert, dass sie sie nicht beanspruchen konnten. Oder zumindest hatte sein Tier das, bis die Menschenfrau wieder in ihrem Leben aufgetaucht war.

Wenn Ashley weiter auftauchen würde, war Wes nicht sicher, was passieren würde. Innere Drachen sahen keinen so großen Bedarf, sich zurückzuhalten, wie ihre menschlichen Gegenstücke. Ständiger Kontakt könnte sogar diesen ziemlich gut trainierten Drachen auf die Probe stellen.

Während er die Gedanken an die Frau aus seinem Kopf verdrängte, antwortete er seinem Tier: *Das Treffen mit Ashley geht schneller, wenn ich dich in ein geistiges Gefängnis stecke. So stört deine Lust nicht die Konzentration.*

Also gut. Aber lass mich raus, sobald sie weg ist, oder ich spiele nächstes Mal nicht so einfach mit.

So sehr Wes es auch hasste, baute er ein komplexes Gefängnis in seinem Geist und sperrte seinen Drachen ein.

Vielleicht konnte er sich jetzt darauf konzentrieren, seinen Clan zu schützen und die Menschenfrau nicht zur Kenntnis zu nehmen.

Er drückte einen Knopf auf seinem Schreibtisch und ließ seinen Assistenten wissen, dass er für die Menschenfrau bereit war. Eine Minute später trat Ashley in sein Büro im Sicherheitsgebäude der Beschützer.

Ihr langes, dunkles Haar schwang hinter ihrem Rücken, ihre schön gerundeten Hüften wiegten. Als er sie so sah, gelang es ihm gerade so, sein Kinn hochzuhalten. Ohne es auch nur zu versuchen, war sie die sinnlichste Frau der Welt.

Dann drang ihr Duft in seine Nase, und er unterdrückte ein Stöhnen angesichts der Mischung aus purer Weiblichkeit und einem Hauch von etwas Blumigem.

Selbst, wenn er es nicht wollte, könnte er in einem Raum voller Leute Ashley in einem Herzschlag herauspicken.

Die Gefährtin, die er nie haben konnte.

Vergiss sie, ermahnte er sich.

Irgendwie gelang es ihm, seine Emotionen nicht in seiner Miene zu zeigen, und stand zur Begrüßung auf. „Da ich wusste, dass Sie es nicht akzeptieren würden, wenn jemand anderes Ihnen meine Nachricht überbringt, dachte ich, ich mache es besser selbst. Sie müssen später wiederkommen, Miss Swift."

Sie hob nur die Brauen. „Nur, weil Sie etwas in einem dominanten Ton sagen und es als Befehl verkleiden, heißt das nicht, dass ich ihm folgen muss, Wes."

Schon allein seinen Namen von ihren Lippen zu hören, ließ seinen Drachen gegen das geistige Gefängnis hämmern.

Wes musste die Menschenfrau schnell von sich wegbringen. Er erklärte: „Victoria fühlt sich nicht gut, das ist alles. Sie kann Sie anrufen, sobald es ihr besser geht."

Sie musterte ihn eine Sekunde. „Ich denke, Sie lügen."

Woher zum Teufel wusste sie das? Wes war extrem gut darin, seine wahren Gedanken zu verbergen. Es war fast eine Voraussetzung dafür, Clanführer zu sein. Schließlich würde es nur Schwächen zeigen, die ausgenutzt werden könnten, wenn man seine Emotionen auf seinem Gesicht tanzen ließ. „Wollen Sie wirklich Zeit verschwenden, Dr. Carter zu holen, um dieselbe Information zu wiederholen, nur weil Sie Ihre Macht über mich demonstrieren wollen?"

Sie verschränkte die Arme vor der Brust. „Ich denke, wir sollten den Arzt rufen. Nicht, weil ich Machtspielchen treibe, sondern weil Sie lügen, und ich wissen will, warum. Sie betrachten Victoria vielleicht nur als Gebärmaschine, aber sie ist mein Schützling und meine Pflicht. Ich bin diejenige, die sie beschützen soll, und ich lasse sie nicht im Stich."

Ihr Pflichtbewusstsein und ihre Loyalität trieben ihn nur noch mehr dazu, zu ihr zu stürzen, Ashley an seinen Körper zu ziehen und der Menschenfrau die verdammte Seele aus dem Leib zu küssen.

Sie war wie sein wahr gewordener Traum.

Nein. Er wollte vor Frustration über das Unmögliche knurren, verkniff es sich aber. Er hatte keine andere Wahl. „Hören Sie, Ashley, ich habe Clanangelegenheiten zu regeln, die Sie nichts angehen. Wenn Sie das zu einem Kräftemessen machen wollen, gewinne ich am Ende. Das wissen Sie. Also glauben Sie mir, wenn ich sage, dass Victoria sicher ist" – zumindest im Moment – „und sie Sie in ein paar Tagen treffen wird. Also gehen Sie, und kümmern sich um Ihre anderen Babysitter-Pflichten."

Sie beugte sich vor, und es kostete ihn jedes

Quäntchen an Selbstbeherrschung, das er besaß, nicht auf ihre prallen Brüste zu starren.

Verdammt, was diese Frau mit ihm anstellte. Sein Clan stand kurz davor, in eine ausgewachsene Krise zu geraten, wenn er nicht schnell handelte, und er fragte sich, wie ihre nackten Brüste aussahen.

Nachdem sie ihn ein paar Augenblicke lang angestarrt hatte, löste sie die Arme und seufzte. „Gut, ich gehe. Aber lassen Sie Victoria so bald wie möglich anrufen. Wenn ich bis Ende des Tages nichts von ihr höre, reiche ich eine Beschwerde ein und komme zurück. Und nächstes Mal gehe ich nicht, bis ich sie gesehen habe." Die Menschenfrau drehte sich zur Tür, blieb aber stehen, um hinzuzufügen: „Sie verbergen etwas, Wes. Und ich werde irgendwann herausfinden, was es ist. Denken Sie dran."

Er verbarg mehr als eine Sache, schwieg aber und sah sie ausdruckslos an.

Ashley verließ endlich den Raum, und sobald die Tür ins Schloss fiel, fuhr Wes sich durchs Haar und ließ seinen Drachen aus dem Käfig.

Sein Tier knurrte. *Je mehr sie uns widerspricht, desto mehr will ich sie.*

Ich weiß, Drache. Ich auch.

Aber sie konnten sie nie haben.

Nachdem er sich aufgerichtet und ein paarmal tief durchgeatmet hatte, ging er zum Monitor an seinem Schreibtisch und beobachtete die

Aufnahmen der Sicherheitskameras, bis Ashley durch den Tunnel fuhr und PineRock verließ.

Da die Versuchung nun weg war, stürmte er aus seinem Büro, rief seinem Assistenten ein paar Dinge zu und machte sich auf den Weg zu Victorias Hütte.

Es war Zeit, den Shitstorm unter Kontrolle zu bringen und seinen Clan zur Ordnung zu rufen.

Bevor er Clanführer geworden war, war er Ermittler gewesen und hatte mit Menschen zusammengearbeitet, um Vermisste zu finden oder Rätsel an abgelegeneren Orten zu lösen, die nur per Hubschrauber oder Drachenflügeln erreichbar waren. Hätte er nicht die Clan-Führung angestrebt, hätte er sich wahrscheinlich mittlerweile in der gemeinsamen Polizei-Einheit von Menschen und Drachen für die Tahoe-Region hochgearbeitet, eine der wenigen solchen Kooperationen im ganzen Land.

Es war ein paar Jahre her, seit er diese Fertigkeiten genutzt hatte, aber Wes hoffte, sie waren noch scharf genug. Wenn er nicht bald herausfand, wer versucht hatte, die Menschenfrau zu töten, hätte er keine Wahl, als Victoria zu ihrem Schutz entweder zum ADDA oder zu einem anderen Drachenclan zu schicken.

Doch so glücklich, wie die Frau José gemacht hatte, wollte er das nicht tun. Und nicht nur, weil sie wegzuschicken seinen Drachen verrückt machen könnte.

Also ging er schneller und fiel in einen Trab. Die Bewegung half seinem Gehirn, sich zu fokussieren.

Schließlich war das Verbrechen auch ein Angriff auf seine Führung. Und während Menschen ihre Gesetze und allerlei Warnungen auf Papier mochten, brauchten Drachen mehr. Er musste nur herausfinden, wie zum Henker er zu den menschlichen und Drachen-Hälften seiner Clanangehörigen durchkommen und sie überzeugen konnte, dass Menschen im Clan etwas Gutes waren.

Kapitel Zwölf

N achdem Dr. Carter bestätigt hatte, dass Victoria gesund war, eskortierten drei Beschützer sie und José zum Haus seiner Eltern. Zweifellos wäre es einfacher gewesen, sie im Sicherheitsgebäude zu behalten, aber es gab dort keine langfristigen Wohnquartiere. Als Victoria und José gingen, murmelte Cris etwas davon, dass sie das so bald wie möglich ändern wolle.

Sobald die Beschützer sie und José im Haus der Santos' abgeliefert hatten, bezogen sie Position am Grundstücksrand, um Wache zu halten.

Es schien, als wäre Victoria bis auf Weiteres im Haus gefangen.

Auch wenn es kleinlich war, sich darüber zu ärgern, hatte sie zuvor schon so wenig Freiheit gehabt. Jetzt würde sie noch weniger haben.

Nur José, der sie auf seinen Schoß zog und ihr

zuflüsterte, wie sehr er sie liebte, hielt sie davon ab, wegen der Situation auszuflippen. Schließlich versuchte nicht jeden Tag jemand, einen zu töten.

Da Josés Eltern beide noch bei der Arbeit waren und Gaby in South Lake Tahoe war, um sich auf ihre eigene Lotterie vorzubereiten, waren sie allein.

Und wahrscheinlich zum ersten Mal in ihrem Leben wünschte sich Victoria, das Haus wäre voller Leute. Mit einem Seufzer sagte sie: „Ich vermisse tatsächlich deine Familie."

Sie spürte sein Lächeln an ihrer Stirn. „Das hat nicht lange gedauert."

„Nun, ich weiß nicht warum, aber wenn ich bei deiner Familie bin, fühlt es sich nicht wie eine Menge an. Vielleicht, weil es immer so viel Chaos, Gespräche und Gelächter gibt, dass ich nicht das Gefühl hab, dass alle mich beobachten. Ich kenne sie noch nicht so gut, aber niemand hat ein einziges unfreundliches Wort zu mir gesagt. Das hilft auch."

Er drückte sie fester an sich. „Ich kann so viele von ihnen einladen, wie du willst, wenn du das möchtest. Aber jetzt will ich dich nur halten und mich vergewissern, dass es dir gut geht."

Sie lehnte sich zurück, um seinem Blick zu begegnen. „Das ist das Problem – hier zu sitzen lässt mich an alles denken, was heute hätte passieren können, José." Sie drehte sich auf seinem Schoß, um sich rittlings auf ihn zu setzen. „Was ich brauche, ist eine Ablenkung. Oder vielleicht eine kleine Lebensfeier." Sie küsste seine Wange. „Als ich auf dem Badezimmerboden gesessen habe, konnte ich nur daran denken, dich und eines Tages unser Baby zu sehen." Sie küsste seine Stirn. „Erinnere mich daran, dass wir beide noch leben und du jetzt hier bei mir bist."

Sie drückte einen zärtlichen Kuss auf seine Lippen und blieb dort, genoss einfach seine weiche, warme Haut.

Als José sich schließlich löste, suchte er ihren Blick. „Bist du sicher, Liebes?"

Sie hob die Brauen. „Sagst du, dass du mich nicht auch brauchst?"

Mit einem Knurren hob er sie hoch und trug sie in ein Gästezimmer im Obergeschoss. „Sag nie wieder sowas. Du bist mein Leben, mein Glück, mein Nordstern, Tori. Ich habe versucht, sensibel und verständnisvoll zu sein, aber ich denke, du brauchst ein bisschen animalische Drachenwandler-Aufmerksamkeit."

Angesichts der Intensität seines Blicks, der Hitze, des Verlangens, drängte ihre Sehnsucht in den Vordergrund. Ihr Puls beschleunigte sich. „Ja, die brauche ich. Wirklich."

Er sprintete die letzten Schritte zum Gästezimmer, schloss die Tür hinter sich und setzte sie sanft aufs Bett. „Wirst du vor dem Clan stehen und offiziell meine Gefährtin nach menschlichem und Drachengesetz werden?"

„Ja", hauchte sie.

Er riss ihr Top und BH vom Leib. „Sag mir, dass du mein bist."

„Ich bin dein, José. Immer dein."

Ihr Rock und Höschen waren als Nächstes dran.

Sie saß nackt auf dem Bett, während ihr sexy Drachenmann jeden Zentimeter ihres Körpers betrachtete. Begeisterung blitzte in seinen Augen, als er sagte: „Dann ist es Zeit, meine kleine Gefährtin zu verwöhnen und ihr zu zeigen, wie sehr ich sie brauche, sie will, nicht ohne sie leben kann."

Seine Kleidung war in Sekunden weg. Und bevor sie mehr als blinzeln konnte, lag er auf ihr, sein harter Schwanz drückte gegen ihren Bauch. Dann senkte er seinen Kopf, und seine Lippen berührten fast ihre, als er flüsterte: „Ich liebe dich, Tori. Immer."

Ihr Herz pochte so heftig, dass sie fürchtete, es würde explodieren. „Ich liebe dich auch, José."

Mit einem Knurren presste er seinen Mund auf ihren, der Kuss fordernd, forschend, suchend. Es war, als müsste er bestätigen, dass sie noch lebte.

Und Victoria brauchte dasselbe.

Also hielt sie ihn fester, ihre andere Hand wanderte zu seiner Schulter und grub die Nägel in seine Haut. Er knurrte in ihren Mund und begann, sich an ihr zu reiben, sein langer, harter Schwanz ein köstlicher Druck an ihrer pochenden Klitoris.

Sie spreizte ihre Beine noch mehr, und bald sehnte sie sich danach, ihn zu spüren, brauchte ihn in sich. Sie brach den Kuss ab und schob ihm die Hüften entgegen. „Lass mich nicht warten, José."

Seine Pupillen blitzten schnell zwischen rund und geschlitzt. Sie hatte keine Ahnung, wer die Kontrolle hatte, aber es war ihr egal. Victoria liebte alles an ihm, inneren Drachen eingeschlossen.

Er positionierte seinen Schwanz an ihrem Eingang und knurrte: „Meins", bevor er tief zustieß.

Sie kratzte über seine Schulter und stöhnte: „Oh, ja", bevor er sich zu bewegen begann.

Jeder Stoß seiner Hüften war ein Anspruch, eine Erinnerung, dass er hier bei ihr war – genau hier, genau jetzt.

Seine Lippen lösten sich nicht von ihren, seine Zunge beinahe genauso fordernd und drängend wie sein harter Schwanz – sie drang in sie ein, nahm sie, trieb sie in einen fiebrigen Rausch. Dann fand eine seiner Hände ihren Nervenknoten, und mit ein paar Berührungen explodierte sie, Lust strömte durch ihren Körper, ließ sie seinen Namen in seinen Mund schreien.

José folgte, sein Orgasmus trieb sie noch höher, zu dem köstlichen Punkt zwischen Lust und Schmerz. Dem Ort, an den nur er sie bringen konnte.

Ihr Gefährte, ihre Liebe, der Vater ihres Kindes.

José sank schließlich auf sie, zumindest weitgehend, achtete aber darauf, sie nicht völlig zu zerquetschen.

Sie lächelte. Er hatte nicht vergessen, wie sehr sie es mochte, seinen starken, warmen Körper auf ihrem zu spüren. „Ich glaube, ich kann nie wieder ohne dich sein, Drachenmann."

Er grunzte. „Gut, denn ich kann verdammt sicher nicht ohne dich sein."

José hob den Kopf, seine Pupillen blitzten. Sie fragte: „Was will dein Drache?"

„Dich." Er strich Haar aus ihrem Gesicht. „Wirst du ihn auch nehmen?"

„Immer."

Kaum hatte sie die Worte ausgesprochen, übernahm der Drache ihres Gefährten, zeigte seine eigene Art von Liebe und Anspruch und gab ihr das Gefühl, begehrter zu sein, als sie je für möglich gehalten hatte.

Stunden später hielt José die schlafende Victoria in seinen Armen, Mann und Tier beruhigter und sicher, weil seine Menschenfrau noch hier war.

Sein innerer Drache meldete sich. *Sie ist meinetwegen müde. Wir wissen beide, dass ich sie mehr auslauge.*

Warum sagst du das so selbstgefällig? Sie trägt unser Baby, was bedeutet, du solltest sie nicht so sehr erschöpfen.

Sein Drache schnaubte. *Laut Arzt ist sie stark und bei bester Gesundheit. Sie kann mich verkraften. Sonst wäre sie nicht unsere Gefährtin.*

Er beobachtete, wie Victorias Augen hinter ihren

Lidern hin und her schossen, und widerstand dem Drang, jede Kurve ihres Gesichts nachzuzeichnen. *Es wird noch besser, wenn wir es vor dem Clan offiziell machen.*

Was nur passieren konnte, wenn Wes und Cris herausfanden, wer ihr Haus verwüstet hatte, und sich die Situation genug beruhigte, um die Zustimmung vom ADDA zu bekommen.

Er hatte nie wirklich darüber nachgedacht, wie viel Kontrolle das ADDA über ihr Leben hatte, aber er fing an zu begreifen, dass es viel zu viel war.

Vielleicht war das etwas, woran Wes auch arbeiten konnte. Ihr Clanführer schien einen Draht zu Menschen zu haben, den José normalerweise nicht hatte, außer bei seiner eigenen Gefährtin natürlich.

Für den Moment verdrängte er seine Sorgen und beobachtete einfach seine Frau beim Schlafen. Der Anblick beruhigte beide Hälften von ihm.

José wusste nicht, wie viel Zeit vergangen war, bevor sein Handy in der Tasche seiner Jeans am Boden vibrierte. Unter normalen Umständen hätte er es wahrscheinlich ignoriert, um seine Frau schlafen zu lassen.

Aber heute war kein normaler Tag, also rutschte er vorsichtig aus dem Bett, fischte es aus der Tasche und sah, dass es Wes war, bevor er ranging. „Was hast du herausgefunden?"

Wes verzichtete auch auf Begrüßungen. „Wir haben den Schuldigen identifiziert und in Gewahrsam. Könnt ihr, Tori und du, zum Gebäude der Beschützer kommen? Ich will mit euch reden, bevor ich meine Entscheidung treffe."

Sein Griff um das Telefon verstärkte sich. „Wer ist es? Sag es mir."

„Nein, denn dann würdest du versuchen, sie selbst zu bestrafen. Und wenn du das tätest, müsste ich auch dich bestrafen, und ich habe heute keine Lust, noch mehr Clan-Mitglieder zu verlieren."

Sein Drache wollte brüllen und darauf bestehen, dass es ihr Recht war. Doch José schaffte es, die Kontrolle über ihren Geist zu behalten und antwortete: „Wir sind so schnell wie möglich da."

Als er den Anruf beendete, blickte er zum Bett und fand Victoria wach. Sie saß aufrecht und beobachtete ihn. „War das Wes?"

„Ja, und er hat herausgefunden, wer es war. Aber frag' nicht nach mehr Details, weil er mir verdammt nochmal nichts gesagt hat."

Sie stand auf und ging zu ihm. Ihre Hand auf seiner nackten Brust half, seinen Zorn ein wenig zu lindern. „Er ist unser Clanführer, José. Wir müssen ihm vertrauen."

Dass sie Wes als *ihren* Clanführer bezeichnete, beruhigte Mann und Tier. „Ich weiß. Es ist nur schwer. Wir mögen zivilisiert wirken, aber Drachenwandler sind immer noch halb Tier. Der Instinkt, Bedrohungen für unsere Familie zu beseitigen, sitzt tief." Er warf einen Blick auf ihre zerrissene Kleidung am Boden. „Wir müssen was zum

Anziehen für dich finden, denn Wes will uns sofort treffen."

„Deine Schwester ist größer und muskulöser als ich, also sollten wir was finden, das passt."

José zog seine Jeans an und ging mit ihr in Gabys Zimmer. Nach ein paar Minuten hatte Victoria ein elastisches Kleid gefunden, das passte, und Flip-Flops, die vielleicht etwas zu groß waren, aber funktionieren würden, und sie gingen, um die Beschützer an der Haustür zu treffen.

Er blickte auf seine Gefährtin herab. „Wir sind schneller da, wenn ich dich trage."

Nach einem Moment nickte sie. „Okay, aber betrachte es nicht als Freibrief, das zu tun, wann immer dir danach ist. In Zukunft frag bitte, anstatt mich nach Belieben rumzutragen. Sonst denken alle, dass ich entweder super schwach bin oder dich manipuliere."

Er legte eine Hand hinter ihre Knie und die andere an ihren Rücken und hob sie hoch. „Sobald die Leute dich besser kennen, werden sie keines von beidem glauben. Ehrlich gesagt, werden sie wahrscheinlich mir die Schuld geben und sagen, dass mein Beschützerinstinkt aus dem Ruder läuft wegen deiner Schwangerschaft."

Während er lief, lächelte sie zu ihm auf. „Dann sollte ich diese Ausrede vielleicht auch für andere Dinge nutzen."

„Nutze sie, wofür du willst, Liebes."

Ihre Brauen zogen sich zusammen. „Ich mag es

aber lieber, wenn du ein bisschen widersprichst. Sonst macht es keinen Spaß."

Er schnaubte. „Manchmal verstehe ich dich nicht ganz."

Sie grinste verschmitzt. „Das macht das Leben interessanter."

In der späten Nachmittagssonne, die die rötlichen Strähnen in ihrem dunklen Haar hervorhob, strahlte er. „Wenn ich dich noch mehr lieben könnte, würde ich es in dieser Minute tun."

Sie lehnte sich an ihn, legte ihren Kopf an seine Brust und sagte nichts.

Er mochte es nicht, ihr Gesicht nicht sehen und die Emotionen in ihren Augen nicht lesen zu können.

Aber irgendwie wusste er, dass sie etwas hören musste. „Egal, was passiert oder welche Entscheidung Wes trifft, ich finde einen Weg, mit dir zusammenzubleiben, das verspreche ich."

„Ich hoffe, es kommt nicht so weit, dass du darüber nachdenken musst." Sie blickte wieder auf. „Wenn wir gehen müssen, um zusammenzubleiben, wirst nicht nur du deine Familie vermissen, sondern ich auch. Nicht nur um meinetwillen, sondern auch für unser Kind."

Er küsste ihre Nase. „Hab' Vertrauen in Wes, Liebes. Er wird das alles schon hinbekommen."

Zum Glück nickte sie und lehnte sich wieder an ihn.

José hoffte nur, dass seine Worte wahr werden

würden. Es bestand ein geringes Risiko, dass das ADDA ihm Victoria bis zur Geburt des Kindes wegnahm, José danach ihren Sohn oder ihre Tochter gab und sie dann in einen anderen Teil der USA umsiedelte.

Doch weder Mann noch Drache würde das akzeptieren.

Kapitel Dreizehn

Victoria saß neben José in einem fast kahlen, fensterlosen Konferenzraum mit hellgrauen Wänden. Während sie im Gebäude der Beschützer auf Wes warteten, konnte sie nicht anders, als mit den Füßen zu tippen.

Was dauerte so lange? Es waren fast zwanzig Minuten vergangen, seit sie angekommen waren. Und obwohl sie ganz dafür war, Situationen ordentlich abzuwickeln und Probleme zu lösen, war sie gespannt, was ihre Zukunft bringen würde.

Die Optimistin in ihr sagte, alles würde gut werden.

Und doch lernte sie, wie Drachenwandler – zumindest in den USA – immer auf Entscheidungen des American Department of Dragon Affairs warten mussten, selbst wenn es um ihr eigenes Leben ging. Entscheidungen, mit denen die Drachen vielleicht nicht einverstanden waren, doch sie hatten keine andere Wahl, als sich zu fügen.

Endlich öffnete sich die Tür, und ein finster dreinblickender Wes trat ein. Nachdem er sich auf einen Stuhl ihnen gegenüber gesetzt hatte, sagte er: „Sorry, dass ihr warten musstet, aber ich wollte ein Geständnis, bevor ich herkomme."

„Hast du es bekommen?", fragte José.

Wes nickte. „Unterm Strich waren sie ziemlich dumm und haben offensichtlich nicht nachgedacht."

Victoria beugte sich vor. „Bitte, sag uns einfach, wer es ist und was passieren wird."

José legte einen Arm um ihre Schultern, und sie entspannte sich wieder in ihrem Stuhl.

Wes' Pupillen blitzten ein paarmal, bevor er antwortete: „Es waren die Randall-Brüder."

„Wer?", fragte sie und blickte zwischen José und Wes hin und her. Mehr als tausend Leute lebten in PineRock, und sie hatte bisher kaum jemanden kennengelernt.

Wes antwortete: „Die Randall-Familie ist vor ein paar Jahren hergezogen, nachdem ein Waldbrand ihren Clan in Kalifornien zerstört hat. Sie haben sich immer abseits gehalten, aber nie Ärger gemacht."

„Aber ihr hattet vorher nie eine Menschenfrau hier", bemerkte sie.

„Genau."

José mischte sich ein. „Woher wusstet ihr, dass sie es waren?"

Wes zuckte mit den Schultern. „Es waren weißblonde Haare an den Schnüren, mit denen die Nachrichten an die Steine gebunden waren. Die Randall-Familie ist die einzige mit weißen Haaren. Und obwohl sie mutig genug waren, eine Menschenfrau zu bedrohen, haben sie Cris, die Beschützer und mich eindeutig unterschätzt. Sie haben gestanden, bevor Cris zu ihrem Haus gegangen ist und ähnliche Steine mit Nachrichten gefunden hat, bereit für ihren nächsten Angriff." Wes' Augen wurden gefährlich, als er fortfuhr: „Und auch wenn sie das noch nicht zugegeben haben – ich denke, sie waren fest entschlossen, weiterzumachen, bis Tori entweder geflohen oder gestorben wäre."

Victoria widerstand dem Schlucken. Wes' Ton war der eines Mannes, mit dem man sich nicht anlegte. Und sie spürte, dass er seinen Zorn im Zaum hielt.

Leg dich nie mit Wes Dalton an, merkte sie sich.

José knurrte. „Was passiert mit ihnen?"

„Ich weiß, dein Drache will Vergeltung, aber wir leben im einundzwanzigsten Jahrhundert, was bedeutet, ich muss mit dem ADDA reden."

Victorias Magen zog sich zusammen, und sie fragte sich, ob sie gehen müsste, da sie das Problem war.

Ihre Gefühle mussten auf ihrem Gesicht zu sehen gewesen sein, denn Wes' Miene wurde weicher, genau wie seine Stimme. „Ich werde alles in meiner Macht Stehende tun, damit du bleiben kannst, wenn du das möchtest, Tori."

Da sie nicht wollte, dass José für sie sprach, nickte sie schnell und sagte: „Ja, das will ich. Ich weiß, es wird schwer, und es gibt noch viel zu lernen, aber solange du und Cris mich schützen könnt, möchte ich bleiben."

José nickte zustimmend, aber sie hielt ihren Blick auf Wes gerichtet. Wenn sie jetzt José ansehen und daran denken würde, ihn verlassen zu müssen, würde sie weinen.

Wes beugte sich vor und stützte die Unterarme auf den Tisch. „Ich schwöre, ich werde alles tun, was in meiner Macht steht, damit du hier bleiben kannst, Tori. Aber so sehr ich es mir wünsche, ich kann es nicht garantieren."

„Ich weiß", sagte sie.

José fluchte, nahm behutsam ihr Gesicht in seine Hände und zwang sie, ihn anzusehen. „Wir finden einen Weg, zusammen zu sein, das haben wir doch schon gesagt. Oder hast du das vergessen?"

Um nicht vor ihrem Clanführer zu streiten – geschweige denn in ein heulendes Häuflein Elend zu zerfließen – nickte sie wieder.

Wes räusperte sich. „Cris kommt gleich, um offizielle Aussagen aufzunehmen. Ihr müsst hierbleiben, falls jemand vom ADDA auch mit euch sprechen will." Er stand auf. „Ich rufe sie jetzt an. Je schneller ich die Randalls an das ADDA übergebe und ein Exempel statuiere, desto besser."

Vielleicht sollte sie ihre Fragen auf später verschieben, aber das Unwissen ertrug sie nicht.

„Was ist mit dem Rest des Clans? Wenn ihr das regelt und ich bleiben darf, was, wenn jemand anders versucht, mich zu verscheuchen?"

Wes' Pupillen blitzten. „Darum kümmere ich mich heute Abend, bei einem verpflichtenden Treffen mit dem ganzen Clan. Cris wird euch informieren. Ihr müsst beide teilnehmen, aber ich will euch hinten versteckt halten, bis ich die Regeln für die Zukunft festgelegt habe. Ich gehe kein Risiko ein, besonders, da zunächst niemand den Vorfall gemeldet hat."

Wes ging dann, und sie ließ sich von José auf den Schoß ziehen und festhalten. Während sie wieder warteten, dass jemand kam, beschloss Victoria, dass sie künftig definitiv nichts mehr als selbstverständlich betrachten würde.

Heute Abend würde sie sich bemühen, so viele Leute wie möglich kennenzulernen. Genau wie Menschen falsche Vorstellungen über Drachenwandler hatten, hatten diese wahrscheinlich auch welche über ihre Art.

Und wenn sie die bestmögliche Zukunft für ihr Kind wollte, musste sie hart arbeiten, um diese Meinungen zu ändern, damit ihr Kind ein leichteres Leben haben würde.

Im kleinen Raum neben der Hauptbühne des großen Saals tigerte José auf und ab und wünschte sich, draußen zu sein, um zu hören, was Wes dem Clan sagte.

Denn was auch immer es war – es würde über die Zukunft und Sicherheit seiner Gefährtin entscheiden.

Victoria griff nach seiner Hand, als er an ihr vorbeiging, und zwang ihn, stehenzubleiben. „Wes hat schon irgendeine Art von Abmachung mit dem ADDA getroffen, damit ich bleiben kann. Jetzt müssen wir darauf vertrauen, dass er den Clan auch im Griff hat."

„Eine Abmachung mit dem ADDA, über die er nicht reden will", brummte er.

Seine Gefährtin verdrehte die Augen. „Einem geschenkten Gaul schaut man nicht ins Maul. Oder sollte ich lieber sagen: einem geschenkten Drachen?"

Trotz allem zuckte sein Mundwinkel. „Wer würde sich schon für ein Pferd entscheiden, wenn er ein Drache sein kann?"

Sie lehnte sich an ihn, schlang die Arme um seinen Nacken. „Ich weiß nicht. Pferde haben es deutlich leichter. Niemand jagt sie mit Mistgabeln oder Schwertern. Und sie kollidieren auch nicht mit Flugzeugen, wenn sie zu hoch fliegen. Außerdem werden sie rundum verwöhnt."

Er grunzte. „Aber Pferde sind leichter zu kontrollieren und können sich nicht selbst verteidigen. Ich bleibe dabei – ein Drache zu sein ist besser."

Sie tippte sich ans Kinn. „Hmm, aber zumindest kann ich ein Pferd reiten. Keiner scheint aufgeschlossen für meine Idee, Menschen zu erlauben, Drachen zu reiten."

Sein Drache schnaubte. *Ich bin aufgeschlossen dafür. Nach der Geburt des Babys.*

Weil er wusste, dass seine Gefährtin fragen würde, erklärte José: „Mein Drache sagt: vielleicht – nach der Geburt des Kindes."

Sie lächelte. „Das merke ich mir. Vielleicht schmieden wir beide einen Plan, wenn er das nächste Mal die Kontrolle hat."

José wollte gerade sowohl seiner Gefährtin als auch seinem Drachen eine Warnung aussprechen, als Cris in der Tür erschien. „Es ist soweit."

Er nahm Victorias Hand, folgte Cris aus dem Raum und durch einen schmalen Gang zur Hauptbühne. Cris spähte kurz hinaus, dann bedeutete sie ihnen, ihr zu folgen.

Sie traten hinaus in einen stillen Raum. Alle Blicke folgten ihnen, bis Cris sie anwies, sich neben Wes zu stellen, der neben einem Mikrofonständer wartete.

Cris trat ein paar Schritte zurück und verschränkte die Arme – und Wes ergriff wieder das Wort. „Wie bereits erwähnt ist heute Abend ein Grund zum Feiern. Jeder hier hat einen Vertrag unterzeichnet, in dem er sich verpflichtet, keinem Menschen auf unserem Land Schaden zuzufügen. Und deshalb werdet ihr heute alle Zeugen der ersten Paarungszeremonie in PineRock seit Jahren –

zwischen einem Menschen und einem Drachenwandler."

José verkniff sich ein Stirnrunzeln. Wes hatte sie
einen Vertrag unterschreiben lassen? Da musste
mehr dahinterstecken – Drachenhälften hielten
nicht viel von Papierkram.

Aber als Victoria an seiner Hand zog, erinnerte
er sich daran, dass er im Begriff war, die Frau, die er
liebte, zu seiner Gefährtin zu nehmen. Und sie
verdiente jetzt seine volle Aufmerksamkeit.

Wes hob eine große Holzschatulle vom Boden
auf und fuhr fort: „Darin befinden sich die
Geschenke, die wir jedem frisch gepaarten Paar
überreichen – darunter ein Ringpaar mit einer
Inschrift in der alten Drachensprache." Er öffnete
die Schachtel und reichte José die Ringe. „Möge eure
Paarung glücklich, voller Lachen und fruchtbar
sein."

Er nahm die Ringe, würdigte sie aber kaum eines
Blickes. Stattdessen musterte José seine menschliche
Gefährtin, sog jedes Detail in sich auf.

Obwohl die Menge im großen Saal sicher eine
der größten war, der sie je gegenübergestanden hatte,
lächelte sie ihn einfach nur liebevoll an.

Er musste sie nun offiziell zu seiner machen –
und begann die Zeremonie, sprach die notwendigen
Worte:

„Victoria Lewis, es reicht nicht, dass ich dich liebe
und den Rest meines Lebens mit dir verbringen will.

Du vervollständigst mich auf eine Weise, die ich nie für möglich gehalten hätte. Als ich in diesem Ballsaal in South Lake Tahoe stand, graute mir davor, unter all den Frauen eine auszuwählen. Doch du bist mir sofort aufgefallen, hast meine Neugier geweckt – und sie nie wieder verloren. Du bist klug, aufgeschlossen, freundlich – und du akzeptierst meine Familie mehr, als ich je zu hoffen gewagt hätte." Er nahm den schmalen Goldring und hielt ihn ihr entgegen. „Mit diesem Ring erhebe ich Anspruch auf dich und binde uns für alle Zeiten als Gefährten. Nimmst du ihn an?"

Ohne zu zögern schob sie ihren Finger in den Ring und nahm seine Hand. „Ja, ich nehme ihn."

Sie ließ seine Finger los, nahm den anderen Ring und räusperte sich. Obwohl er ihr Herz pochen hören konnte, war ihre Stimme fest, als sie sagte:

„Ich habe mich mehr aus einer Laune heraus für die Drachen-Lotterie angemeldet – ich wollte einfach mehr über Drachenwandler erfahren. Ich hätte nie erwartet, tatsächlich ausgewählt zu werden – warum sollte ein Drache ausgerechnet mich wählen? Und doch war dieser spontane Entschluss die beste Entscheidung meines Lebens. Du verstehst mich auf eine Weise, die ich nie für möglich gehalten hätte, und ich glaube, du wirst mich noch oft überraschen – ein Leben lang. Dafür – und für so viel mehr – liebe ich dich, José Santos. Mit diesem Ring erhebe ich Anspruch auf dich. Nimmst du ihn an?"

Er konnte den Ring gar nicht schnell genug aufstecken. „Ich nehme ihn an."

Wes trat – wie es Brauch war – zwischen sie. „Dann erkläre ich euch als Clanführer zu Gefährten, verbunden durch menschliches wie durch Drachenrecht und unter dem ewigen Schutz von PineRock. Du darfst deine Gefährtin jetzt küssen."

José zog Victoria fest an sich, genoss ihr leises Keuchen – und nahm ihre Lippen in Besitz.

Er ignorierte das Jubeln und Pfeifen, während er sie küsste, kostete, für sich beanspruchte.

Victoria gehörte ihm – jetzt und für immer.

Und als er sie schließlich wieder Luft holen ließ, drückte er sie noch fester an sich und flüsterte: „Ich liebe dich, Tori."

Sie lächelte – ein Anblick, der sein Herz einen Schlag aussetzen ließ. „Ich liebe dich auch, José."

Wes und Cris räusperten sich und störten den wunderschönen Moment. José knurrte: „Ich weiß, ich weiß – der Abend ist noch nicht vorbei."

Wes klopfte ihm auf den Rücken und senkte die Stimme, sodass nur José ihn hören konnte: „Alle hier sind rechtlich verpflichtet, sie zu akzeptieren, und überall sind Beschützer. Ich weiß, sie mag Fremde nicht sonderlich, aber ich würde dir dringend raten, sie heute Abend so vielen Leuten wie möglich vorzustellen – vielleicht sogar ein paar, mit denen sie sich anfreunden könnte."

Ebenso leise antwortete er: „Also willst du mir immer noch nichts von der Abmachung erzählen?"

„Nein. Aber Tori ist sicher – und das ist alles, was zählt."

Seine Gefährtin beugte sich vor. „Wollt ihr mir vielleicht verraten, worüber ihr so tuschelt?"

Er sah sie an – seine wunderschöne Gefährtin. Der neugierige Ausdruck in ihren braunen Augen beruhigte ihn ein wenig. „Erinnerst du dich an den Brauch, dass frisch gepaarte Paare mit dem Clan feiern und Glückwünsche und Geschenke entgegennehmen?"

Sie seufzte. „Leider ja."

Er legte eine Hand an ihre Wange. „Schaffst du das heute Abend?"

Irgendwo in der Menge rief seine Cousine Luna: „Komm schon, Tori! Ich will die Erste sein, die dir ein Geschenk gibt!"

Seine Gefährtin lächelte und flüsterte: „Hoffentlich ist es keine neue Playlist."

Er lachte leise. „Bereit, es herauszufinden?"

Sie nickte und schmiegte sich an seine Seite. „Solange du mich festhältst, schaffe ich heute Abend alles."

Er sehnte sich danach, sie hier rauszutragen und sie in ihrem Bett zu beanspruchen.

Sein Drache schnaubte. *Ich bin der Erste, keine Sorge – damit sie weiß, wie sich echtes Beanspruchen anfühlt.*

Vergiss es, Drache.

Da er wusste, dass sein Drache vermutlich einschlafen würde, sobald sie die ersten Clanmitglieder begrüßten, führte José Victoria die Treppe hinunter zu Luna und dem Rest seiner Familie.

Und während er zusah, wie seine Gefährtin strahlte und mit seiner Familie lachte, wusste er: Er würde derjenige sein, der sie beanspruchte – selbst wenn er gegen seinen verdammten Drachen kämpfen musste.

Das Schicksal hatte ihm die perfekte Gefährtin geschickt – und das würde er nie als selbstverständlich betrachten. Niemals.

Epilog

Etwas über acht Monate später

Victoria starrte auf ihren neugeborenen Sohn und gab sich größte Mühe, nicht zu weinen. Nicht, weil sie traurig war, sondern weil sie überglücklich war.

Sie hatte die Geburt überlebt – dank Injektionen von Drachenwandler-Blut, die ihr Kraft gegeben hatten – und hielt nun das Kind, das ihr weggenommen worden wäre, wenn sie sich nicht in José verliebt hätte und in PineRock geblieben wäre.

José rieb seine Wange an ihrer. „Es ist okay, Liebes. Ich bin hier, er ist hier, und bald haben wir mehr Familie in diesem Zimmer, als du zählen kannst."

„Ich-ich weiß." Sie schniefte. „Ich bin glücklich. Wirklich. Es sind nur die Hormone."

Er küsste ihren Mundwinkel, während er den

winzigen Kopf ihres Sohnes hielt, der mehr dunkles Haar hatte, als sie für ein Neugeborenes für möglich gehalten hätte. Er antwortete: „Ich kann den anderen sagen, sie sollen sich verpissen und dir so viel Zeit geben, wie du brauchst, Tori."

„Nein, nein, ich bin gleich okay." Sie blickte auf die schlafende Gestalt ihres Sohnes. „Lass uns ihm zuerst einen Namen geben. So sehr ich deine Familie liebe, das ist was nur für uns drei."

„Einverstanden." José streichelte die runde Wange ihres Sohnes. „Hallo, Liam Alejandro Santos. Wir haben lange gewartet, dich zu treffen."

Sie lehnte sich an Josés Wange. „Liam. Das ist so surreal. Nach all diesen Monaten ist er nicht mehr in mir, sondern wirklich hier."

„Angesichts all dessen, was in den letzten acht Monaten passiert ist, bin ich nur froh, dass sich alles wieder beruhigt hat."

„Ich auch."

Nach allem, was mit Gaby, Wes und ein paar anderen im Clan passiert war – ganz zu schweigen von ihren eigenen Herausforderungen, ihren Online-Lehrerjob zu behalten –, waren die letzten acht Monate alles andere als langweilig gewesen.

Aber Victoria freute sich auf eine gewisse Routine. Wenigstens für eine kurze Zeit.

Niemand wusste, was die Zukunft bringen würde, aber sie hatte keine Angst. Egal, was passieren würde, sie würde immer für die beste Zukunft für ihren Sohn kämpfen.

Liam wand sich kurz, bevor er wieder einschlief. Seine Bewegungen brachten sie in den Moment zurück. „Du solltest die anderen reinlassen, José."

„Alle?"

Sie lächelte. „Na ja, vielleicht nicht alle auf einmal, das wären ja an die dreißig Leute. Aber unsere Eltern und deine Schwester und Sasha zumindest."

Ihre beste Freundin Sasha Wolfe hatte erst kürzlich die Erlaubnis bekommen, sie zu besuchen.

Ohne ihre Seite zu verlassen, nahm José sein Handy aus der Tasche. Nachdem er etwas getippt hatte, steckte er es weg. „So. Wenn sie ihre Handys nicht mitgebracht haben, Pech gehabt. Ich bleibe hier bei dir."

Sie seufzte. Das Richtige wäre, ihn rauszuschicken, um ihre Familie und Freunde zu holen, aber Victoria wollte nicht, dass José sie und Liam jetzt verließ.

Also starrte sie die nächste Minute oder so auf ihren Sohn und versuchte, den Moment in ihr Gedächtnis zu brennen.

Dann kamen ihre Eltern und ihre beste Freundin herein, und sie bemühte sich, trotz ihrer Erschöpfung zu lächeln.

Während sie zusah, wie ihr Sohn von einer Person zur nächsten gereicht wurde, José immer in der Nähe, um sich zu vergewissern, dass sie ihn richtig hielten, lächelte sie. Sie hatte die Liebe ihres

Lebens, ein Kind und die Unterstützung aller, die ihr wichtig waren.

Das Einzige, wofür sie noch kämpfen musste, war die beste Zukunft für ihren Clan und ihre Familie. Und dieser Kampf würde leicht sein, solange sie José an ihrer Seite hatte.

Das Bedürfnis der Drachenfrau

Die Gefährten der Tahoe-Drachen #2

Genervt von Drachenwandlern mit übermäßig ausgeprägtem Beschützerinstinkt beschließt Gabriela Santos, über die Drachenlotterie im Tahoe-Gebiet ihre Jungfräulichkeit an einen menschlichen Mann zu verlieren. Nach Jahren erfolgloser Versuche wird sie endlich als eine der Teilnehmerinnen ausgewählt. Unter den Hunderten von Menschen, die mit ihr zusammen sein wollen, fällt ihr Blick auf den Mann, der an die Decke starrt. Und nach einer Portion Ehrlichkeit und Einsicht in seine Beweggründe wählt sie ihn. Doch bald verändert ein Kuss ihre Zukunft für immer.

Nur, um seine Ex-Frau zu vergessen, die ihn betrogen hat, erklärt sich Ryan Ford bereit, an der Drachenlotterie teilzunehmen. Er erwartet nicht, dass die Drachenfrau, die die Reihen abschreitet, ihn auswählt. Doch als seine Gedanken abschweifen und er sich in einem Tagtraum verliert, spricht die Drachenlady ihn direkt darauf an. Ihre direkte Art und ihr trockener Humor sind erfrischend. Und da zwischen ihnen sofort die Funken sprühen, willigt Ryan ein, mit ihr zu schlafen, um ihr vielleicht ein Baby zu schenken. Doch dann weckt ein Kuss ihren inneren Drachen, und Ryan erfährt schnell, dass er ihr wahrer Gefährte ist und entweder einen Gefährtenrausch akzeptieren oder weglaufen muss.

Während sich die beiden mit ihrem Schicksal arrangieren, fangen sie an, sich ineinander zu verlieben. Doch als jemand Ryan ins Visier nimmt, steht plötzlich alles auf dem Spiel. Wird er überleben – und einen Weg finden, mit Gabriela und dem ungeborenen Kind zusammenzubleiben? Oder muss er beide verlassen, um am Leben zu bleiben?

Über die Autorin

Jessie Donovan hat mehr als eine halbe Million Bücher verkauft, Hunderttausende weitere kostenlos an ihre Leser*Innen verschenkt und es sogar auf die Bestsellerlisten der *NY Times* und *USA Today* geschafft. Sie ist vor allem für ihre Drachenwandler-Serie bekannt, schreibt aber auch über Elfenhexen, Vampire, Alien-Krieger und hat sogar eine verrückt-komische Liebesromanreihe aufgelegt, die in Schottland spielt. Wenn sie nicht gerade ein Buch liest, auf ihrem Laufband joggt oder mit nur wenigen Groschen in der Tasche durch ein fremdes Land reist, findet man sie oft auf Facebook oder TikTok, wo sie mit ihren Lesern interagiert. Sie lebt in der Nähe von Seattle. Dort regnet es zwar oft, doch der Regen macht auch alles grün.

Besuchen Sie ihre Website unter: www.JessieDonovan.com

www.ingramcontent.com/pod-product-compliance
Lightning Source LLC
Chambersburg PA
CBHW031345170626
46807CB00002B/834